Maren Kames

HASEN PROSA

Suhrkamp
Roman

Klimaneutral
Druckprodukt
ClimatePartner.com/14438-2110-1001

2. Auflage 2024

Erste Auflage 2024
Originalausgabe

Umschlaggestaltung: studio hanli
Satz: Dörlemann Satz, Lemförde
Druck: CPI books GmbH, Leck
Printed in Germany
ISBN 978-3-518-43168-9

www.suhrkamp.de

HASEN
PROSA

Keine Ahnung, von gegenüber kommt das Licht.

International Music, *Für Alles*

das verzweigte verzwergte Gehirn behielt alles für eine Weile,
dann ließ es alles wieder los!

Friederike Mayröcker

There is nothing left to throw
Of ginger, lemon, indigo
Coriander stem and rose of hay.

Strength and courage overrides
The privileged and weary eyes
Of river poet search naïveté.

Pick up here and chase the ride
The river empties to the tide
All of this is coming your way.

R. E. M., *Find The River*

Das mit dem Hasen ist rückwirkend betrachtet doch der Sommer der Anbahnung, der Maserung gewesen. Subkutan mauserte sich alles, äste sich unterholz vorwärts durchs Gras zu einer wie insgeheim vorgesehenen Stelle, suchte sich je eine behutsam ausgebuchtete Mulde und narbte dort friedwärts verabredet ganz langsam zu. Dabei hatte alles seine Zeit, schien es rückwärts bedacht, und nicht wenig davon, aber ich ahnte nichts. Unbeschrieben schritt ich fort, in meinen Meilenstiefeln dahin, meinen Reisesocken auf und davon.

Wenn das alles gewesen ist, rief ich mir über die Schulter, ziehe ich aus! Ich ahnte ja nichts. Wie arglos ich war, wie zartblau. Ich schimmerte blass, aber konstant wie ein Glashaus bei Nacht, ein Unbekümmer, Leichtling, schmeichelhaft seicht und selten effizient, kein Taugenichts, aber nah dran.

Die anderen frästen also solang. Rückwendig besehen graste alles wie wild, ackerte in offenbar unermüdlicher Selbstverständlichkeit an einer scheinbar gemeinsamen Sache, sie winkten auch manchmal, als langarmige Schemen weit hinten am Grasrand, ich sah sie wohl wedeln, doch begriff nicht weshalb. Nichtsahnend stand ich auf Stelzen, die wankten, es bangte und knackte schon lang, dann barst es, ich krachte.

Ich flog durchs Dach. Ich flog durch das Dach, das so lange tief unter mir sich und mich in Sicherheit gewogen hatte. Haltlos segelten wir hinab, einige Dachbalken und ich, in freiem Fall, wie man sagt, doch wie bleiartig das war, wie ekelhaft. Das kommt vom Thronen, dachte ich noch im Sturz, das kommt davon.

Ich war im Feld. Mit großem Haha war ich ins Feld eingefahren, meine eigene Raserei noch großspurig bewundernd, die Furche, die meine Bremsung hinterließ, war aber auch nicht von ungefähr, sondern hervorragend präzise und tief, und so fiel ich in die Blumenwiese und schlief. Man sang wohl für mich. Meine Bluse war nass. Über mir klaffte das Loch im Dach. Dort war es auch, wo ich sah: Klarer als im Schlaf war mir der Hase nie erschienen. Immerzu musste ich ihn mustern, mal verstohlen, mal unverhohlen betrachten, selbst im Schlaf (also meinem) stoben ihm die Seufzer noch zum Rachen heraus, es schnaubte und schlatterte. Er war so frech.

Insgeheim, meine ich, ist der Hase der Meister von allem gewesen. Er wusste Bescheid. Zunächst kam das als Ahnung zu mir, verschlafen, wie ich war. Es fuhr in einem schweren Block aus Fragen auf mich zu, durch mich hindurch oder um mich herum, da fing die Ungewissheit schon an, mit Bestimmtheit ließ sich allein das nicht mehr sagen.

War da ein Ruck im Moment, fragte ich, juckt mich was? Ist das mein Nasenbein? Und wohin blicke ich dann? In welche Zeit? Welches Jahrhundert, und was ist hinter mir? Wieso spannt das über den Wangen? Wovon bin ich wund? Was ist das Feste um meine Brust, etwas Schildartiges, Hartes? Soll ich das schützen? Bin ich ein Korb? Bastartig, verflochten, aus Flachs oder Rattan? Und hält das? Wie lange?

Das saß. Das hallte nach, und so hielt ich da inne. Ich schielte. Wohin der Block mich trieb, wohin die Fragen mich versiebten, hindrängten und zerstoben, war mir nicht klar. Dass ich mich langsam durch sie zerdehnte, inwärts schon faserte, sah ich wohl ein. Aber es war schier nicht zu richten, alles Baldowern und Strampeln schien schlicht zu nichts nütz, und schon fuhren sie fort, im Pulk. Das Tempo war garstig.

Was hab ich in der Hand, fragte ich inwendig getrieben zwangsweise weiter, wie fest? Ist das dicht? Und zerrinnt mir das unten, wie fang ich es auf? Über die Kuhle in meiner Brustmitte, mein Brustbein, Schlüsselbein, die Erhebung der Knochen, die zwei Kerben an meiner Leiste – was habe ich unterhalb der Leiste, zeigen die Kerben dahin? Wäre das indiskret? Ist ein Arzt in der Nähe? Ist das Bluesmusik da? Ist die nass? Mit Trompeten? Von wo? Bin ich ein Zwischenwesen? Gibt es mehrere von mir? Mit Blusen? Hat da einer gelacht?

Das waren die Fragen. Wir fuhren in einem Wagen, so viel war klar. Ich bin mit dem Hasen auf der Rückbank in einem traktorähnlichen Leihwagen durch eine Gegend gefahren, die Hollywood war oder eine andere abgewrackte, baracke Traumfabrik, der Hase hat immerzu gepfiffen wie ein Kessel unter Druck, wobei Kessel wie Karosse selbstverständlich zerbeult, und alle schepperten mit ihrem Blech, als wär's ein Krachwettbewerb, auch die Rohrsysteme draußen pfiffen wie chorisch aus ihren rostigen Verschlussklappen, ich konnte mich kaum fokussieren auf das, was vor der Scheibe vorüberzog und weg war, es war alles im selben Moment verschwunden, in dem es erschienen war, eine vollends unnütze Fahrt ist es gewesen, es war so Schmach.

Immer wieder blickte ich, mich rasend fragend, aus dem fahrenden Wagen zu den hellen Billboards oberhalb der Straße, aber es schien unsinnig, und so wandte ich mich ab. Ich konnte es nicht ertragen, das Helle nicht und nicht das Hohe, schon gar nicht das gehörig nervtötende Getöse der offenbar untereinander kommunizierenden Bleche und Röhren. Ich ließ das am Rückspiegel baumelnde Wagennavigationsradio ballern, bis es aufbrach und franste, dann hängte ich es ab.

Der Hase saß immer noch auf der Rückbank und pladderte, er war nicht zu stoppen, er hielt seine Ohren in den Fahrtwind, es flatterte. Ich verstand nicht, was er sprach. Dann hängte ich auch ihn ab. Unbemerkt war ich in den Beiwagen unseres Gefährts gelangt, hatte entkoppelt und flog jetzt davon. Bald war der Hase ganz klein hinter mir. Dort vorn und so weit im Vorsprung war ich weitgehend allein mit den Fragen.

Bin ich in die Knie geraten, kam es mir, wie? Wann war ich in den Wind verzogen? Damals schon? Unbekannt? Ach. Und so fort. Unkonzentriert war ich, fahrig und span, spannenlang durch den Fahrtwind und flach wie ein Flusskiesel, äußerlich abgewetzt, innerlich dreckig, innendrin rundum besudelt. Das kommt vom Rasen, dachte ich noch im Stopp, das kommt davon.

Der Abstand zum hinter mir fahrenden Hasen war inzwischen unübersichtlich genug, also machte ich Halt. Stante pede öffnete ich alle Luken des Wagens, und herausgetobt kam eine Welt. Sie vibrierte. Sie blieb eine Weile, dann stob sie wieder fort.

Platt genug dachte ich, das war's, aber da kam der Schwall. Eine ganze Lawine rundlicher Gebilde flog pflugförmig durch die Kulisse, viele davon glasartig und schillernd, manche scharf wie Geschosse, einige weicher, von Plüsch oder Wolle, da waren Jojos und Pompons, solche mit Schweif und ohne, motorisierte, analoge, drei Flummis, zwei Propeller, ein Ei und zig Kreisel, die meisten flogen solo, andere zusammen, einzelne hatten mobilemäßig ganze Familien von Kugeln im Schlepptau, also in kürzester Zeit ergoss sich ein unermessliches Bällebad ungehalten rings auf den Feldweg, um mich herum und über den Wagen.

Dann war es vorbei. Der Blechschaden war beträchtlich, aber auch völlig egal. Selbst der Fliehwagen schnaubte erschöpfte Wölkchen. Alles dampfte. Ich stemmte die Arme in die Hüften und stand da, wie man vor ramponierten Wagen auf Feldwegen steht. Ist denn hier ausnahmslos alles in Aufruhr, fragte ich, muss denn das sein? Ausgelaugt versuchte ich nochmal zu schlafen, aber die Steine waren zu hart. Also dachte ich nach. Bald dachte ich an meine Ma:

Dass sie beim Zwiebelschneiden zählt, und wie sie niest. Wie sie niest. Wie klein sie ist, und wie sie riecht. Dass sie permanent für andere Fährten legt, die andere dann meiden. Wie sie sich den Kopf zerbricht, und dass sie wach liegt, nachts, ein Wachtelei, sich Pfade ausdenkt, viel zu weit. Wie sie für alles immerzu Verantwortung spürt, und wie sie Tulpenzwiebeln setzt. Und dass sie nie weint.

So entfernte ich mich auch gedanklich immer weiter von dem Hasen. Dass das vorläufig gewesen ist, habe ich damals nicht gewusst. Es ist der Sommer der Anbahnung gewesen. Bis dahin merkte ich nur, wie alles kreisförmig wurde, dass meine Registratur versagte und wie nass meine Bluse war. So ab vom Schuss. Was tut man da? Ich ahnte es nicht.

In Abwesenheit des Hasen verbrachte ich unzählige lange, namenlose Tage damit, Klötze zu stapeln, bis mir völlig blöd zumute war, aber es wollte kein Haus daraus werden. Alleweil fiel mir das Geraffel mit einem Schlag auf die Füße, ich hatte die Schnauze gestrichen voll. Was ist es denn gewesen, das ich einstmals mag!, rief ich schwer verheddert. Wieso will es mit diesen Klötzen nicht klappen, gehe ich es falsch herum an? Ich wusste nicht mehr, wie herum richtig herum ging, nicht mehr, wie man schwindelfrei stand. Aus dem Stand also konnte ich es nicht sagen, deshalb fiel ich um. Auch im Liegen war es schwierig, aber immerhin ging es da gerade so. Ich sickerte fort.

Dabei hatte ich zwei Träume, beide flutschend wie Zapfen, allerdings ruppig, wie von Widerhaken besetzt, und selbstverständlich schnell. Dass auch Träume stets Perpetuum-mobile-mäßig unterwegs waren, machte mich selbstredend selbst wieder ganz rasend, aber im Schlaf war da nichts auszurichten, ich konnte nichts dazu, erst recht nichts dafür, schon gar nichts dagegen.

Eins: Nach einem überstürzten Transatlantikflug fand ich mich übernächtigt und porös in einem Laden für avantgardistische Webarbeiten wieder. Das Geschäft brummte, aber sehr leise. Die Textilien und Texturen waren in ausladenden Formationen quer durch eine weitläufige Halle installiert, man durfte nichts berühren, auch nicht mit einem objektabgewandten Teil des Körpers oder im toten Winkel, sonst ginge alles aus dem Lot. Ich stand vor einem relativ undefinierten, besonders exaltierten Teppich. Man befahl mir, ein Geräusch für Hoffnung zu machen. Ich parierte. Ich suchte, leicht geneigt, bis in die hintersten Schachtkammern meines Körpers hinunter, dann wieder hinauf, auch auf den Nebenpfaden (Kapillaren) abseits der Hauptschlagader, musste aber letztlich einsehen, was ich gleich vermutet hatte: Ich war komplett ratlos. So stand ich da. Die anderen warteten, ich war ratlos. Die anderen warteten, ich war ratlos. Die anderen warteten, es kam nichts, ich versuchte den Moment immer noch ein wenig weiter hinauszuzögern, es vor den Umstehenden möglichst zu verbergen, aber es kam nichts. Nichts geschah, alles war leer, ich voller Scham und so müde, die anderen warteten, und so fort.

Zwei: Es war ein mittelstarker Wind auf der Straße. Ich jagte dem Papier hinterher, immer zwei Millimeter zu spät. Immer war ich zwei Millimeter zu spät, immer war das Papier zwei Millimeter weiter als ich, jede Sekunde war der Wind zwei Millimeter schneller als ich, immer waren meine Finger zwei Millimeter zu kurz, immer! Ich drehte am nahebei herumstehenden Rad, das half aber auch nichts, dann war alles weg.

Wie ein Schrapnell schreckte ich zur Schlafoberfläche zurück und war schlagartig rückstandslos wach. Oder das war, was ich dachte. Prompt folgten drei weitere Träume:

Drei: Ich sah meine Freundinnen in einem Flussbett davonfahren. Sie saßen alle miteinander im selben schwimmfähigen Bett und schlugen mit gelben Plastikpaddeln aufs

Wasser. Sie lachten und kreischten und rauschten entsetzlich schnell von mir fort. Ich nahm mir ein Faltboot vom Stapel und schoss hinterher, aber es war zu spät. Sie waren verflossen. Ich war eine Hartschale, sah ich, die volllief und leckte. Ständig kippte ich um. Michael Stipe sang *strength and courage overrides the privileged and weary eyes of river poet search naïveté*. Ich tropfte. Ich musste wirklich dringend schlafen.

Vier: Ich hatte Käse im Rucksack, Soße und Brot.

Fünf: Hoch auf dem Berg, während der Tag verzog, war ich mit meinem Stift, wie ich den Augenblick in einen Strich, und über mir der lila Himmel, ein kleines Flugzeug pflügte leise seine Bahnen, dann kamen die Sterne angewalkt wie eine Million emaillierter Insekten und bildeten silbrige Formationen, dazwischen ich mit meinem Stift, wie ich den Augenblick in einen Strich, Strich, Strich, auf dem Rabenberg, unter dem Rabenhimmel, wieso jetzt Raben, ich habe keine Ahnung, ich hatte keine Ahnung, was ich malte, es war so anders, und immer ging es weiter, ein unbekümmert unsinniges und deepes, dichtes Spinnen, in dessen unmöglich verortbarer Mitte ich, wie ich den Stift am langen Arm in die Luft hieb (hob) und baff bis tapfer verfolgte, was ich tat. Ich hatte ein Fortspinnen, ein Weg- und Davonsinnen, ein Weiter hatte ich erzeugt, ein Weiterlei und Achsofort. Alle vier Winde seufzten. Die bestehenden Konstellationen fielen um und runter, es wurde weich, und ich war ein Hippie auf einem Hügel, ich war ein Maler auf einem Berg, die Welt kollerte rund durchs Universum, zwischen den freundlich ausweichenden Sternen hindurch, und auf ihr ich und der Stift im Begriff, meinen Strich ihrer eiernden Kreisbahn anzugleichen, allein – es gelang nie ganz, und da wusste ich mit einem Mal exakt, woran ich war, sprich, was ich malte: das mit Abstand aufregendste, virtuoseste, emotional aufwühlendste Herz, das die Welt je gesehen hatte. Sie stimmte mir zu. Die Sterne nickten. Und jede Linie trieb mich weiter in die Zeit, und so spann ich von dannen und fühlte mich funny.

Der Traumprompter stoppte. Es machte zack, zack, zack aus exakt drei verschiedenen Ecken, und wieder schrappte ich schnellgliedrig wie ein Schreckgeschoss an die Schlafoberfläche zurück und war unmittelbar ultimativ wach. Wie egal auch alles Geraffel war, von weiter weg betrachtet, in meinem kleinen Kreis auf der Welt mit den Klötzen da. Dann begann es zu hageln. Ich schmierte ab. Ich wischte mir alle Schminke aus dem Gesicht, wies sämtliche Klötzchen möglichst weit von mir, drapierte meine bisherigen Utensilien fein säuberlich zu einem Haufen aus Unrat (Mist) und ging auf Start zurück.

Ich war am Start. Neben mir saß der Hase. Er war jetzt wieder da. Es gab Gras. Wie zwei Schlunde unterschiedlicher Durchmesser und Tiefen fraßen wir im Affenzahn alles maßlos in uns hinein, erst nebeneinanderher, dann kreuz und quer. Wir schmatzten. Mit vollem Mund sprachen wir über die gerade hinter uns liegende Reise. Sie schien aber ganz krumm, wir bekamen kaum etwas davon zusammen, aber auch gar nichts davon auseinander, alle Strangenden und Fährten kragten widerborstig über unseren Köpfen, vollends verbogen. Weit hinten winkten wieder die Schemen am Grasrand. Es schien sich rein gar nichts getan zu haben, seit wir losgefahren waren. Nur die Fragen waren still geworden. Fraglos aßen wir weiter.

Wie dem auch sei, sagte der Hase.
Mittlerweile verspeiste er Mandelkerne aus einem napfartigen Blechtopf, der zwischen seinen Pfoten auf der Erde saß.
Man hat Mandelkerne im Kopf gegen die Angst, sagte er und schob sich Kern um Kern in die Nase (Schnute).
Wenn sich dir etwas nähert, das dir nicht guttut, beginnen sie zu blinken, dozierte er weiter. Das ist auch, weshalb du noch heute manchmal in der Kiste liegst und um deine seit Jahren verstorbene Großmutter weinst. Oder im Schlaf Papierblätter jagst.
Woher weißt du das?
Ich weiß, dass es gut ist.
Woher?
Es kommt vom Mandelkern.
Dass du das weißt oder dass ich weine? Und woher weißt du, was ich träume?
Alles falsche Fragen!, flappte der Hase. Wie aufgebracht er war.

Furchtkonditionierung!, rief er, Temporallappen! Kapierst du? Nervennahrung! Fruchtkonfitüre! Zwetschgengeist! Klar?
Er spuckte ins Töpfchen.
Flapp mich nicht an, sagte ich, halt die Klappe.
Das war barsch. So barsch kannte ich mich gar nicht, aber ich kannte mich wohl auch nicht ganz.
Wenn du nicht in der Lage bist, die fundamentalsten Sachen zu raffen, blaffte der Hase, male ich es dir eben mal auf.
Dann malte er es mir eben mal auf:

╟Ω╤♣╢
○ ○ ○
♬ fi ◊
→ ◊
;)

Ich betrachtete das eingehend und dachte sachte vor mich hin. Im Universum war es still. Der Hase knackte weiter leise Kerne. Dann sank ich ab. Der Hase hatte den Haken gelöst, der Arsch. Immer tiefer ging es hinab. Schnurstracks schoss ich am Senkblei abwärts, ewig ganz ohne Ende. Tauchwärts schoben die Gedanken und stromlinienförmig, als Schwarm, eine Horde, bei Tiefenmeter einhundert war mir das letzte bisschen Verstand flöten gegangen, ein Unterwasser-Aufruhr, Oberkante-Abfahrt ist es gewesen, ich dachte nicht mehr, ich sogte, es saugte und zog, ich rief halt, halt, halt!, aber der Hase war viel zu weit oben. Ich dankte ab.

Am Meeresgrund oder Grund von was immer ich angekommen war, umfing mich der Schlamm. Hier sah ich, woraus mein Herz gemacht war und was seit Ur- und anderen Zeiten in ihm wohnte. Es stand mir nie klarer vor Augen als da im Morast: der Geruch meiner Großmutter, der Geruch ihrer Hände und Schürzen und Tücher. Ihre riesengroße Liebe. Die steile Stiege auf den Dachboden des Großelternhauses und auf der dieser Stiege gegenüberliegenden Seite die steile Treppe in den Keller hinab. Die Symmetrie dieser Treppen im Querschnitt des Hauses, die gegenläufige Parallele, die sie bildeten in seinem Zentrum, an ihren Enden die jeweils scharfe Biege nach rechts oben und links unten. Das Steinige des Kellers und das Holzige des Dachbodens. Das Kopfende des langen Esstischs, an dem mein Opa und ich saßen, während er mein schmales Enkelgelenk in der Hand hielt, als seine Frau nach achtundsiebzig Jahren Leben und vierundfünfzig Jahren Ehe gestorben war, und wie es nass wurde unter seinen Augen. (Sowieso, auch seine Hände, das Furchige, Hornige an den Kuppen und Ballen, das Gerillte, stellenweise Bernsteingelbliche seiner dicken Fingernägel und das Feste, zugleich Weiche, das Klobige, aber Präzise der ganzen Hand.) Die weite Wiese hinter der Traktorenstraße am ersten Haus meiner Eltern. Von diesen Orten und Begebenheiten bezog ich Stein und Holz und Wasser und Gras. Und weiter im Herz: die Leerstellen vom Verlust fünf früh verstorbener Kinder meiner Vorfahren sowie zweier weiterer junger Männer im Krieg. Vielleicht die Morphinabhängigkeit eines meiner Großonkel, aber da war ich nicht sicher. Die andauernde Sorge um meinen Bruder. Die andauernde Sorge über die andauernde Sorge meiner Ma um meinen Bruder. Wie sie beim Zwiebelschneiden zählt und wie sie niest. Wie klein sie ist und wie sie riecht. Wie sie wach liegt nachts, ein Wachtelei. Dass eine Zeit kommt, in der diese Beschreibung keine Gegenwart mehr haben wird. Die unablässige Gehässigkeit meiner engsten Freundin im Alter von zwölf bis achtzehn Jahren, von der ich einmal gedacht hatte, sie sei etwas wie ein Rettungsring, ein Auffangbecken. Wie ich das ausgehalten und immer wieder gesucht habe. Wieso ich das immer wieder offenbar aushalten wollte und gesucht habe. Ein erstes Klaffen. Der Schnitt, den ich nach diesen Jahren machte, um sie aus mir zu entfernen. Wie ich nach ihr nie wieder etwas in der Art denken oder hoffen wollte, mir nicht zu hoffen erlaubt, sondern zu hoffen streng verboten habe. Vielleicht nennt man das Misstrauen. Oder Resilienz. Wie sie auch nach dem Schnitt immer in mir geblieben ist, eine aus Kupfer gegossene Form. Wie die Gehässigkeit sich also wiederholte, mir immer wieder begegnete, mit genau der gleichen Konsistenz und Durchschlagskraft, in die immer gleiche Kerbe, Strebe, Nische in meiner Seele. Kam das so oder wollte ich das? Ist das durch irgendwelche zufällig zutreffenden metaphysischen Konstellationen immer wieder auf mich zugekommen, oder zog ich es durch eine spezifische Mixtur in mir magnetisch oder magisch immer wieder an mich ran? Der Gram meiner anderen Großmutter, den sie mit ins Grab nahm. Meine Großmütter also, eine helle, eine dunkle, eine heile, eine wunde. Eine Lust an der Unruhe und das Wehren dagegen, das Ringen und Winden und nicht wissen wohin. Aller Schlaf, den ich gehabt hatte über alle Jahre, und der gesammelte Schlaf meiner Vorfahren und Verwandten in verschiedenen Bettstätten, Holzbetten, Stockbetten, Stubenwagen, Wiegen und Feldbetten, Strohbetten, Zelten, auf Lattenrosten, Pritschen, in Kojen und Ehebetten, Einzelbetten, Krankenhausbetten, zu zweit, zu fünft, mutterseelenallein, nebeneinander, ineinander verschlungen, einander zugewandt, voneinander abgewandt, gekrümmt, verdreht oder kerzengerade, für sich, mit Geschwistern, mit Neugeborenen, mit zwei Kindern, drei Kindern, vier Kindern und ohne, neben Geliebten, Verschmähten, Beleibten und Dünnen, bei Schmalen und Breiten, Versehrten, Gesunden, Beseelten und Leeren, neben Kühlen und Warmen, Unruhigen und Stillen, Kopfigen, Bauchigen, mit Wilden, Sich-Windenden, Traumlosen und Träumenden, Selbstvergessenen, Bewussten, neben Kräftigen und Schwachen, sich durch den Schlaf Schleppenden, Wachen. Wie verschieden sie ihre Tage begannen. Meine Neugier, ein Glashaus bei Nacht. Überhaupt das Schimmern von Gläsern aller Arten bei Nacht. Die Neugier und neben ihr, als Schwester, die Trägheit, das Stumpfe, Verschlossene, und das Offene, und wie diese beiden miteinander rangen, bis jeweils eine, und immer eine andere, vorübergehend ein Gelenk ausgerenkt hatte am nächsten Morgen. Eine Schwarze, eine Weiße. Die Zeiten des Stürzens und die Zeiten des Fangens. Und die Schürzen meiner Oma, mehrere Steine von verschiedenen Orten (einen, der im Dunkeln leuchtet), das Weinen. Stein und Wasser und Holz und Glas. Die Gelegenheiten, die Reisen, das Vergessen, Wiederholung. Der Wind beim Radfahren, die Pausen, das Rauchen. Mein schwerer Kopf und ein Hohles im Herz, auch das wohnte da, es war groß und gefährlich, voll Bluesmusik, die nass war, mit Trompeten. Sowieso, die Musik. Wie klar mir mein Vater einstmals gewesen war und dann die sich auftuenden Fragen, ein zweites Klaffen, später deren genauso erstaunliches Versiegen, leicht verzögert zu seinem irgendwann nahezu vollständigen Verstummen. Die Zeiten des Wachsens meines Herzens und die Zeiten seines Schrumpfens. Und wie in diesem Moment eine seltsam kelchförmige Feder ganz langsam an meinem Fenster vorbeischwebt.

Jöh!, rief der Hase an der unangemessensten Stelle, komma wieder hoch da!
Er summte.
Was summst du denn jetzt?, fragte ich, als ich halbwegs wohlbehalten aus der Tiefe zurück war, mit vom Erinnern noch klatschnassen Haaren und ganzwegs besudelter Bluse. Immerzu sickerte er mir überallhin hinterher oder voraus. Er ging mir so sehr auf die Nerven.
Ich raffte mich auf und riss mich zusammen.
Habe ich ein gutes Herz?, fragte ich. Ist es voll genug?
Es geht, beschloss der Hase, normal. Verhältnismäßig durchschnittlich in der Gesamtgröße, bisschen mickrig im Durchmesser, Radar eher provinziellen Ausmaßes, das zeigt sich an der Flexibilität und Spannweite der Klappen, ein Privatherz, offenkundig, stabiles Material, handfest, etwa wie Kork, belastbar zumindest im überschaubaren unmittelbaren Kraftfeld, acht PS, rechts hinten, sehe ich, fehlt ein Stück, da ist es verdächtig rundlich und angeschrumpelt, kaum offen, wie eingeduckt, an der Stelle vermutlich ein paarmal gestaucht oder gefrostet, Farbton braun-violett, nichts Besonderes, bis auf den ansatzweise mintfarbenen Schimmer im Herzinneren, da sitzt die Einbildung, vermutlich, ein wenig getrübt insgesamt, aber deutlich im Banalbereich der Aufregungsskala von Herzensangelegenheiten. Alles in allem mehr ein Stuben- und Hausherz, kein Herz von Welt.
Wie beleidigt ich war.
Siehste, wiederholte der Hase: provinziell.
Du brichst mir das Herz, Hase, sagte ich.
Das wächst wieder, sagte er, zäh ist es ja.

Dass acht Jahre nach dem Tod meiner zweiten Oma, der traurigen, immer noch Zimt übrig war in der Dose, die ich

aus ihrer Küche mitgenommen hatte. Was ich mir außerdem nahm:
Ein Paar Topflappen.
Den Toaster.
Vier kleine Handtücher mit Streifen, zwei große.
Ein Salatbesteck aus Walnussholz.
Glasputzmittel, Allzweckreiniger (auch davon bis heute noch Reste).
Die gelbe Teekanne mit dem dicken Bauch.
Von der andern einen Ring mit Mondstein, den ich verlor, und eine Handtasche aus karamellbraunem Leder, die ich nur auf Reisen trug. Dazu zwei Seidenschals, die ich an ihr nie gesehen und selbst nur während eines Sommers im Haar gehabt habe. Wie unterschiedlich. Warum? War ich beim zweiten Sterben erfahrener, wollte ich Dinge behalten, die viel in ihren Händen gewesen waren und danach dann in meinen? Oder waren meine Erinnerungen an die beiden so verschieden beschaffen wie diese Dinge, oder waren sie selbst es, als Menschen? Wir hatten identische Füße, die zweite und ich. Wie ungerecht, dass ich sie die zweite nenne. Aber ich meine, sie hat mich auch später als die erste zu sehen bekommen und auf den Arm genommen. Zählt das?
Von meinen Opas behielt ich ein Ringheft mit Notizzetteln in einer Lederkladde und einen karierten Flanellschal, da war weniger Differenz, auch im Erinnern.

Schätz dich doch glücklich, patzte der Hase, ein provinzielles Herz ist immerhin selten tyrannisch. Also, mindestens nicht wie von großen Berserkern. Du hast auch relativ sicher kein Giftherz, höchstens ein bisschen was Bitteres drin. Was ich auffallend finde, ist, du schläfst unsäglich ausgeprägt. Eventuell auch deswegen nichts weltbewegend

Tyrannisches. Die Rührseligkeit wird zunehmen über die Jahre, kannst eigentlich gleich aufhören, cool zu tun, *pflock,* ploppte er mittels einer gut sitzenden Bewegung zwischen Pfote und Backenwand, es schnalzte.

Dass ich mit der zweiten mehr Zeit auf zum Beispiel ihrem Sofa hatte, dass sie lebte, bis ich wenigstens halbwegs erwachsen war. Wie ich sie also als Menschen gesehen habe, der sich aus verschiedenen Altern zusammensetzt. Dass sie in manchen Erzählungen, auf dem Sofa zum Beispiel, als ganz junges Mädchen ein selbst erfundenes Theaterstück geprobt hat in einem Garten, als etwas älteres Mädchen eine Heimschule im annektierten Böhmen besucht, als der Krieg ausbrach, dass sie nach diesem Krieg in einem Zug durchs Dunkel gefahren ist, wie sie kaum je wusste, wohin der Zug sich bewegte, dass sie ihre Periode bekommen und die blutigen Binden während der Fahrt aus dem Zugfenster geworfen hat. Wie sie vor dieser Zeit im Schulzimmer zum ersten Mal den Jungen mit den dunklen, buschigen Augenbrauen aus der höheren Klasse sah, der nach Kreide geschickt worden war und jetzt im Türrahmen stand, der hat richtig geleuchtet, hat sie gesagt, wie der Erich hieß und mein Großvater wurde. Dass, bevor das so war oder wurde, mein Vater bei ihr auf dem Sofa gesessen und lange herumgedruckst hat und ihr dann, sie sagte, zerknirscht, wie in einer Beichte, gestand, dass er wohl heiraten müsse, es sei ein Kind unterwegs. Dessen Schwester ich wurde. Ob das so stimmt, mit der Beichte. Und also seinem Grund für die Heirat. Und also dem Leben meiner Eltern und dessen Ehrlichkeit.

Dass ich Gelegenheit hatte, diese Oma zu hinterfragen, also ihre Art von Erzählen kennenlernte, was sie auswählte und wie sie es formte, hinstellte. Dass ich erlebt habe, wie ich gekränkt von ihr war. Mit ihr Rührei machte und Kreuzworträtsel löste, wie eine eigenständige Person bei ihr zu Besuch sein konnte. Dass es sie in mehreren Zeitabschnitten gab, in denen sie zum Beispiel noch Peter Stuyvesant rauchte und dann zum Beispiel nicht mehr, dann vom Rauchen nur noch träumte und manchmal an mir roch, mit einer schnüffelnden, schmachtenden Sehnsucht. Dass sie mich als rauchende Person gekannt hat, in Ausgewachsen, als Fernreisende und als jemand, die schreibt – *ich buchstabiere meinen Namen gegen die Wand, ich falle vom Putz*, Kind, was ist das, was heißt das denn?, hat sie einmal gefragt. Wie ich Freundinnen hatte, die sie nur aus Erzählungen kannte, und ihr gänzlich unverständliche diskontinuierliche Liebschaften, einen eigenen Kühlschrank an einem ganz anderen Ort, den sie auch nie begriff – du bist kompliziert, hat sie einmal gesagt, du bist in dich verwunden, deine Schwester ist einfach, sie ist leicht, du brauchst noch viel Zeit für dich selber. Wie lange?, habe ich gefragt, aber darauf hatte sie ehrlicherweise keine Antwort. Wie das wohl unabhängig von den Lebensläufen und -möglichkeiten von Frauen zu verschiedenen Zeiten oder Generationen und hinter allen spezifischen Schablonen (Lesebrillen) meiner Oma in ihrem Blick auf mich und alle Frauen stimmte. Dass sie meine Diskontinuitäten gesehen hat und ich ihre.

Während ich die andere in einer ganz anderen Zeitschleife, einem ungeteilten Wattebett aus Zeit verorte, wo unzählige zutrauliche Momente und Gesten zwischen einer sehr kleinen Person und einer sehr großen hin- und hergingen, verlässlich wie ein Uhrwerk und eigentlich andauernd bis heute, ich gebe dir einen Holzlöffel, du gibst mir einen Gutenachtkuss, du gibst mir einen Nachschlag,

einen Nachtisch, ein Betthupferl, einen Blechzuber mit Schaumwasser, ich reiche dir meine Puppe und den Sandkuchen mit Blattsoße (5 Pfennig das Stück), da holen wir dir aber sofort ein Pflaster, viel Trost, nirgendwo lieber als bei ihr auf dem Arm, Wirgele Wargele, eine Art stillschweigende Konspiration zwischen zwei so verschieden ausgewachsenen Leuten an sich gegenüberliegenden, untereinander verbundenen Punkten einer Familie, mit viel Zeit in Form von Jahren in der Mitte zwischen ihnen. Wie eine fixe Konstellation von zwei Sternen. Nur dass die eine, Kleine, von dieser Zeit und ihrer Spanne noch fast nichts spürte.
Ich meine, wir waren füreinander beide so wichtig, diese Oma und ich, obwohl nur eine von uns hoch wie ein vollständiger Mensch war. Und seit ich sie kannte, schlohweiß. Solange diese Oma noch lebte, habe ich vom Tod nichts gewusst, vielleicht ist das der Unterschied.

Allerdings auch: Wie meine Eltern mir dieses Jahr erst erzählten, dass sie bei der anderen nach ihrem Tod eine Packung Stuyvesant hinterm Sofa gefunden haben. Dass bei dieser also immer noch möglicherweise ein unbekanntes Kapitel aufklappt, während die andere gleich bleibt, in der Sternwatte, in der ich sie aufhebe.

Der Hase pulte in einem Erdloch.
Stimmt ja nicht, rief er, du bist doch die, die pult!
Mir ist öde!, rief er. Es ödet mich an! Oder ich öde mich an, oder du ödest mich an, die Richtung ist auch ganz egal, wir müssen jetzt weiter, mir ist nicht gut. Mir ist gar nicht gut.
Er stakste davon.
Hasen staksen aber nicht!, schnauzte er im Abgang.

Kurz danach stolperte er und verschluckte sich. Dann vollführte er eine Art unbeholfene Rücksortierungsbewegung (Pirouette), warf sich die Ohren in den Nacken und machte sich endgültig vom Acker, über eine kleine Hängebrücke am Bachlauf hinüber und ein Stück weiter, wo er sich hörbar auf einem sumpfigen Batzen Wiese niederließ. Es flatschte. Er schmollte.

Was schmollst du denn jetzt!, rief ich über den Acker rüber. War er eifersüchtig, fragte ich mich leise, und worauf dann? Meine Omas? Das ihm unerreicht Weiche im Schlamm da am Meeresgrund? Mein Stubenherz? Was war es, das den Hasen umtrieb, und was, das ihn jetzt so aufrieb? War es Angst? Meine Rückzüge ins Herz oder das Reden übers Sterben? Ein schlechter Mandelkern? Magenkolik, Stimmungstief? Man ahnte es nicht.

Ganz unrecht hatte er aber wohl nicht, etwas war ins Stocken geraten, sah ich, denn als ich mir derart zurückgelassen probeweise und für den Sowiesobedarf einen Engel morste, gingen zwei Buchstaben verloren, ein anderer schlich sich zielstrebig nach vorne, und so war, was ich herausbekam, letztendlich ein Igel. Ich nannte ihn Isi. Wir spielten ein bisschen.

Als mein schlechtes Gewissen gegenüber dem Hasen kaum mehr zu ertragen war, stieß er plötzlich wieder zu uns. Er schnupperte am Igel. Der Igel stupste, dann rollte er sich ein. Der Hase erschrak und stach sich. Da war die Laune wieder im Eimer. Ich gab ihm einen Schluck Nervennahrung, Zwetschgengeist und Mandelkern *(coriander stem and rose of hay)*, und ließ ihn ziehen, über die kleine Hängebrücke am Bachlauf zurück und ein Stück weiter, wo er sich hörbar auf seinem sumpfigen Batzen Wiese niederließ. Wer hat denn da auch so eine winzige Hängebrücke hin installiert, fragte ich mich noch, als ich sah, wie der Hase langsam zu wanken begann. Ganz beseelt war er, erkannte ich bis hierhin, und bis hierher konnte ich ein Weilchen später leise hören, wie er wieder summte.

Was summst du da!, rief ich ihm über die Brücke rüber.
C'est la vie, c'est la vie, lallte der Hase und kreiste in weitläufig eiernden Bögen, eine Pfote in der Höhe, über die Wiese –
C'est la vie, she says, but I don't know what that means, sang er, dann fiel er um. Isi entrollte sich wieder. Der Hase pflückte drüben einen Strauß Ginster oder Gerste, von meinem Punkt auf dem Acker war das nicht genau auszumachen. Ginster!, rief der Hase und ließ sich wieder nieder.

Also saß der Hase im Ginster und grinste. Ich fasste mir ein Herz, dachte *alright, well, c'est la vie* und verabschiedete mich von Isi, dem gemorsten Engel, er würde, das spürte ich nach so blitzkurzer Zeit schon, gut zurechtkommen mit seiner eigentlich Falschbuchstabiertheit und Ausversehentlichkeit. Der machte das schon.

Ach Hase, sagte ich, als ich bei ihm war, und umarmte ihn zum ersten Mal seit immer. Es war weich und warm. Ein bisschen Scham. Aber schön. *C'est la vie, she says,* sang der Hase plötzlich zweistimmig, und niemand wunderte sich, wir seufzten. Der Himmel war lila. Die Sterne nickten wieder. Die Wiese unter uns schmatzte zufrieden.

Ich fiel durch sie durch nach 1989, Garten.
Das sind Löwenmäulchen, sagte meine Oma gerade.

Ein paar Bienen summten.
Wenn wir denen auf die Backen drücken, sperren sie den Mund auf, guck. Löwenmaul-Arten sind ausdauernde, krautige Pflanzen, sagte sie. Der Wuchs variiert stark und umfasst weitgehend unverzweigte, stark verzweigte und windende Arten. Alle Arten weisen ein stark entwickeltes Wurzelgeflecht als Anpassung an trockene Standorte auf. Von den Blättern sind die oberen meist sitzend und wechselständig, die unteren gestielt und gegenständig angeordnet. Die einfache Blattspreite ist fiedernervig.
So wie ich?, fragte ich.
So wie du, sagte sie.
Von welcher Art bin ich?
Du bist von der windenden.
Und du?
Ich glaube, ich bin stark verzweigt, ich hatte mehr Zeit zu wachsen, weißt du?
Ich schürzte die Lippen.
Die Blüten der Löwenmäuler stehen einzeln oder in endständigen, traubigen Blütenständen zusammen, sagte sie.
So wie mein Bruder, meine Schwester und ich?
So wie ihr drei, ja.
Die zwittrigen, zygomorphen Blüten sind als auffällige Maskenblumen ausgebildet, die durch die gaumenartig ausgebuchtete untere Lippe verschlossen werden. Der Nektar wird von einem ringförmigen Nektarium an der Basis des Fruchtknotens abgegeben und sammelt sich in einer sackartigen Ausbuchtung an der Unterseite der Unterlippe. Zur Bestäubung muss ein entsprechend kräftiges Fluginsekt die Unterlippe nach unten drücken, um an den Nektar und Pollen zu gelangen. Von den ungleichseitigen Kapselfrüchten öffnet sich die untere, größere Kammer mit zwei Poren, während die obere meist nur eine Pore aufweist.

Ok, sagte ich.
Ich schob die Unterlippe nach vorn, aber es war kein kräftiges Fluginsekt in der Nähe. In der Ferne piesackte mein Bruder meine Schwester. Ich kam mir vor wie die kleinere, geringer bestückte von zwei Porenkammern und aussetzig, ich meine, ausgesetzt oder abgesetzt, abseitig sitzend oder sitzengelassen und daneben, eine Wortkette, die sich in ihrer völlig bescheuerten Konstruiertheit und mit der Plötzlichkeit einer richtig dummen Empfindung wie aus einem mich dauernd begleitenden, immerzu über mir hängenden Beutel damals ständig unerwartet über mir ausleerte. Gefühlt saß ich alle naselang in Unterhose auf irgendeiner Treppenstufe, ohne Hund, ohne Hase, ohne überhaupt irgendein Fell oder Freund, meist war es selbstverständlich kalt, während die anderen wichtig genug waren, sich im Warmen zu zanken, oder sich über etwas für mich nicht Sichtbares lustig machten oder abseits von mir irgendeinen mir unzugehbaren Spaß veranstalteten oder hatten. Ich flennte. Deshalb flennte ich ständig.
Und natürlich waren es schon auch verschiedenste Kiesel, Äste und Kanten, die meine Kniehaut und Stirnhaut und Kinnhaut abschrappten, die Mulden, Gräben und Ritzen, in denen meine butterweichen Knöchel wegknickten, alle Türen und Blechklappen und Mülltonnendeckel, die immerzu von allen, und vor allem von weit oben, auf ausgerechnet meine kleinen Finger knallten. Neben den sowieso unvermeidbaren Gipsverbänden und Bindfäden von Milchzähnen zu Türklinken. Vor allem aber war es ebendieser ominöse Beutel, der von den anderen unbemerkt über meinem kleinen Scheitel schwebte. Nur die Löwenmaul-Oma, die wusste von dem. Wirgele Wargele. Da holen wir dir aber sofort –

Von der anderen kannte ich den Donnerkeil.
In Ableitung aus diesem Stein ist fast alles an ihr aufs Dunkelste blau gewesen, die ganze Oma vom Rumpf bis in die Glieder in mindestens einer ihrer Varianten auf meiner Netzhaut abgebildet als tiefdunkelblaues, fast ozeanschwarzes Fossil. Überhaupt nicht wegen ihres Alters, das ich ja sowieso erst nach und nach begreifen lernte und das sich zudem währenddessen ständig änderte, wegen nichts in ihrem Charakter, sondern aus der in diesem Stein sitzenden, ganz unbegreiflichen Dimension von Urzeitlichkeit heraus, auch in der Tiefe und Farbe, die mir die Oma mit diesen Steinen also beibrachte, wie nebenbei in meinen Kopf setzte – und mit den Steinen die in sie gefasste, in sie eingeschlossene Möglichkeit, nein, eben ganz offenbare, wie sagt man, manifeste Tatsächlichkeit von völlig anderen Welten und Erdzeitaltern.

Wie ich sie also nicht nur als Menschen gesehen habe, der sich aus verschiedenen Altern zusammensetzt, sondern sich für mich durch sie die ganze Erde langsam aus verschiedenen Zeitaltern zusammenzusetzen begann. Oder am Beispiel dieses Steins eben nicht langsam, sondern schlagartig, mit der Plötzlichkeit eines Donnerkeils. Und im Fall dieser Steine nicht in Form von sich sanft verwebenden Phasen, Übergängen oder Schichten aus Zeit, sondern mehr in Gestalt von Zeitbrocken, Zeitgebirgen oder -monumenten. Also die Brachialität des Donnerkeils. Und gleichzeitig seine Kleinheit, die Geschmeidigkeit, mit der er in eine Menschenhand passte, in ihre oder in meine.

Vielleicht ist es auch so, denke ich nachträglich, dass diese seltsam langen Steine zusammen mit den Schneckenhäusern und den anderen wurmartigen Gewindetieren, die in die gefährlich schwere, ebenfalls tiefschwarze Marmortischplatte im Wohnzimmer dieser Großeltern eingelassen waren, in meinem Kopf oder unter meinen immer wieder darüberstreichenden Fingern eine Art archäologische Miniatursammlung bildeten, die jetzt für diese Oma steht. Aber nein, mehr noch die schiere Erstaunlichkeit der Donnerkeile selbst. Rostren. Fangarme, seit Urzeiten leblos, trotzdem nahezu unversehrt erhalten. Das Bedrohliche im Stein, der damals in meinem oder ihrem Handteller lag, als schlichter, stummer Zapfen. Was vor Millionen von Jahren durch die Tiefen der Wasser geschossen kam, um Beute zu jagen, vielgliedrig, still und unvorhersehbar beweglich, fand sich jetzt regungslos, unfähig zur Bewegung, selbst gefangen, also harmlos, irgendwie dekorativ gemeint auf dem Sideboard in einem durchschnittlichen westdeutschen Wohnzimmer in einem durchschnittlichen westdeutschen Gebäudekomplex in einem durchschnittlichen westdeutschen Wohngebiet wieder.

Eventuell ist der Donnerkeil in meinem Kopf auch deshalb ein so deutlich herausragendes Oma-Pars-pro-Toto, weil diese beiden die Neubau-Großeltern waren. Die ständig Umziehenden. Die nirgendwo Zuhausenen. Die immer Jungbleibenwollenden. Wie sie für mich so unnachvollziehbar oft ihren Wohnsitz gewechselt hatten und zu meiner Enkelzeit nach wie vor wechselten, dass ich manchmal bis heute nicht weiß, wo nochmal und weshalb gerade dort mein Vater geboren worden war. Wie sie immer den neusten Tweed trugen, zumindest bis zu den Fotografien und Dias aus den späten 80er Jahren, wie sie ständig Diäten machten, wie sowieso und überhaupt BRD sie waren, immer irgendwie niedlich bemüht am Puls der Zeit – und demgegenüber das uralte Ding mit dem Donnerkeil. Die versteinerten Ruder von Kopffüßern aus irgendwelchen Urmeeren. Die, lese ich, wahrscheinlich nektisch, also fähig zu aktivem, strömungsunabhängigem Schwimmen, in größeren Schwärmen im Küstenbereich der Meere lebten, nahe der Wasseroberfläche, vom Unterkarbon bis zum Ende der Kreidezeit, vor 358 bis 66 Millionen Jahren, und dass die Tiere, Cephalopoden, genauer Belemniten, zehn Fangarme und einen Tintenbeutel besaßen, im Aussehen also den heutigen Kalmaren ähnelten, nur keine Saugnäpfe an den Fangarmen hatten, sondern Haken. Haken!

Tintenfische, so hatte auch die Oma wie selbstverständlich gesagt, das war einmal ein Tintenfisch. Dessen Fleisch ich bis dahin nur fasrig und grau aus stinkenden Dosen kannte, weil ich Tinten- mit Thunfisch verwechselte und also noch viel später, in Mittelhessen, wo auf Teenager-Geburtstagen vermehrt mir ohnehin befremdliche Schichtsalate auftraten, vor ausladenden Schüsseln in Hobbykellern stand und das Urzeitliche, das da zwischen Mais, Mayonnaise und Schinkenstreifen geschmuggelt sein sollte, erst recht nicht fassen konnte.

Dass man Donnerkeile auch Teufelsfinger nennt, erzählte mir die Oma, und wie sie zu anderen Urzeiten entweder als Heilstein zum Beispiel gegen Hexenschuss eingesetzt oder aber als Drohding verstanden wurden, von Gott auf die Erde geschossen, um die Gottlosen in den Abgrund der Hölle zu stürzen und Nicht-Gläubige das Fürchten zu lehren. Dabei hatten gerade die Neubau-Großeltern mit Gläubigkeit doch gar nichts am Hut, hatten sich für mich als Kleinkind irritierend eindeutig und manchmal stolz als Atheisten bezeichnet. Während der Löwenmaul-Opa noch mit über achtzig in die Kirche zum Orgeln gefahren ist und keine aus dem Petersdom übertragene Messe im Fernsehen verpasste.

... *daß, wofern der in den Wolcken enthaltene Dampff eine Zeitlang darinn verbleibet, daß er alsdan erhärte und zu einem harten Stein koche, welche man Donnerkeil nennet, welcher, wann er heraußbricht, zugleich Knall, Blitzen, Donner mit sich bringet*, lese ich in der Enzyklothek *Hundstägige Erquickstund* von 1650, Untertitel: *Das ist, Schöne, Lustige Moralische und historische Discurß und Abbildungen: Von wunderbahrlichen geheimen und offnen Sachen, der Natur, und Verlauff der jetzigen Welt, und Zustand deß Römischen Reichs, und anderer Königreichen, Das schwäre Gemüht der Menschen zu erfrischen, die Melancholenen zu vertreiben, und in Weltweisen Sachen, sonderlich, das Regiment betreffend, zu unterrichten. Darinnen Neben Erzehlung wunderbaren, geheimen, natürlichen und unnatürlichen Händeln, Historien und Lebenden: Auch sonderlich, die grosse Verenderung und Metamorphosis deß Teutschen, und anderer Königreichen, als in einer Idea vor Augen gestellet wird. Durch Drey ansehnliche Weltweise Reyßgesellen, zu dem Heil. Land in den Hundstagen, Gehalten, erzehlt, und selbst erfahren. Franckfurt, bey Joh. Godtfrid Schönwettern.*

Ich bin dein weltweiser Reyßgeselle!, rief der Hase von hoch oberhalb der Wiese, wir haben die Hasentage, das Wetter ist Schönwetter, und wir berichten von wunderbahrlichen geheimen und offenen Sachen, der Natur, Verlauff der Welt und Zustand deß Landes im Hasengang, mein Name sei Salomon, mein Nachname Mumm, ich habe Voraussicht und Wagemut, folge mir! Mir hinterher!, rief der Hase wie durch eine lang gezogene Tuba von weit oben und hielt seine Ohren wie zwei Fahnen in den Wind, dass es bis hier unten knatterte. Herzelich willkommen in unserer blöden Enzyklothek, rief er. Ich habe Lollis mit Aprikosengeschmack als Proviant auch im Gepäck, und jetzt ab dafür, ins Mississipium!

Hase, da war ich doch quasi gerade, rief ich aus der Tiefe zu ihm rauf.
Egal! Nochmal!, schrie der Hase. Da geht noch was!
Du willst doch nur –, rief ich.
Ich will jetzt auch mal irgendwie die Oberhand bekommen, ja! Lass mich! Ich stand lang genug hier rum. Mir sind schon ständig die Pfoten eingeschlafen, ich krieg sonst noch Thrombosen!

Ich wusste, jetzt würde es fürchterlich kompliziert, aber ich konnte nichts dafür, erst recht nichts dagegen, höchstens ein klein wenig hinzutun, wenn ich mich mühte.

Der Hase kam durch die Tuba heruntergeschossen, er nieste, es spritzte, dann ging es augenblicklich bergab mit uns, immer tiefer ins Gewinde der Untererde, wobei wir doch eigentlich durch die Zeit rutschten, angeblich, wieso spuckte es uns auf der Schussfahrt dann so räumlich durch die Gegend, das war ja doppelt und falsch zugleich, ich verstand nichts, mal wieder, es saugte und zog, war mir aber auch schnurz, ich war allein durch den Fahrtwind innerlich komplett abgestellt und daneben, der Hase ebenso, sah ich auf einen flüchtigen (flatternden) Blick im Schuss.

Dann waren wir da und zwei Steine mit Augen. Wenigstens die waren alle vier noch vorhanden. Ein Wind pfiff. Sonst praktisch nichts vom Bekannten. Wir wollten uns lageplanmäßig strategisch besprechen, aber klar: Die alte Sprache war weg.

Hase: °°
Ich: °°
Hase: °∧°
Ich: √
Hase: !
Ich: ?
Hase: !!
Ich: ??
Hase: ## !!
Ich: ## ??
Hase: ξ □ □ ↑ ⊃ ≅ δ ∃∃∃ δ Φ □ ♦ ↔ ©
Ich: ☺

Es taugte nichts.
Wir versuchten es trotzdem weiter.

Ich: + , , , ↓ KOMMP, * (~) → ♣
Hase: • • •
Ich: ∀∀∀∀!!!

Nichts zu machen. Es gelang nicht.
Der Sprachraum blieb leer und dumm.

Hase: “ “ “ “ “ “ “ “ “ “ “ ∧∧ “ “ “ “ “ “ “ “ “ “ “ “ “ “ >< “ “ “
“ “ “ “ “ “ “ >< “ “ “ “ “ “ “ “ “ “ ∨∨ “ “ “ “ “ “ “ “ “ “ “ “ “ “
“ “ “ “ “ “ “ “ “ “ “ “ °° “ “ “ “ “ “ “ “ “ “ “ “ “ “ “ “ “ “ “
∨∨ “ “ “ “ “ “ “ “ “ “ “ “ “ “ “ “ “ >< “ “ “ “ “ “ “ “ ∧∧ “ “ “ “
“ “ “ “ “ “ “ ∧∧ “
“ “

“ “ “ oo “ “ “ “ “ “ “ “ “ “ “ “ “ “ “ “ “ “ “ “ “ “ “ “ >< “ “ “ “

“ “ “ “ “ “ >< “ “ “ “ “ “ “ “ “ “ “ “ “ “ “ “ vv “ “ “ “

“ “ “ “ “ “ “ “ “ “ “ ∧∧ “ “ “ “ “ “ “ “ “ “ “ “ “ “ “ “ “ “ “

oo “ “ “ “ “ “ “ “ “ “ “ “ “ “ “ “ “ “ “ vv “ “ “ “ “

“ “ “ “ “ “ “ “ “ “ “ “ “ “ “ “ oo “ “ “ “ “ “ “ “ “ “ “ “ “ “

“ “ “ “ “ “ “ “ “ “ “ “ “ “

Ich rollte ihm hinterher, er hatte seine Läufer offensichtlich wieder, auch die Löffel, die Blume und die Barthaare waren zu erahnen, rollte ihm hinterher und rief:
Mann, Hase!, rief ich. Komm zurück! Das bringt doch nichts! So kommen wir nicht weiter!
Da ging es also wieder, mit der Sprache. Aha. Warum? Keine Ahnung.

Womit wir bei den Körpergestalten und Bewegungsformen wären, sagte der Hase, während er sich neben mich pflanzte, seltsamerweise kaum außer Atem, dafür aber drei Oktaven tiefer als sonst.
Im Mississippium?, fragte ich in der gleichen Tonlage.
Exakt, raunte er.
Wir lachten.
Es donnerte.

Also pass auf, schallerte der Hase. Wir befinden uns im chronostratigraphisch ältesten Subsystem des Karbons.
Klar, rumste ich, wobei meine Stimmbänder höchst erfreulich vibrierten, nirgendwo sonst wollten wir ja hin.
Was hier lebt, rumorte er dunkel, sind säckchenartige Organismen, die einen sehr einfachen Bauplan aufweisen.
Schieß los, wetterte ich.
Wahrscheinlich, fing er an, sind diese winzigen Tierchen

ganz vorwiegend von wurmförmiger Gestalt. Andere sind mir jetzt eben auch nicht begegnet. Fest steht aber, dass es sich bei den säckchenartigen Organismen aus dem Mississippium um die letzten gemeinsamen Vorfahren aller Neumundtiere handelt.

Da weiß ich Bescheid!, ömmelte ich und nahm ihm zaghaft das von irgendwoher aufgetauchte Monokel von der Nase. Er ließ mich machen.

Neumünder, sagte ich frisch bebrillt, bilden den Überstamm der so genannten Zweiseitentiere.

Korrekt, sprach der Hase.

Im Prinzip ist es nicht so kompliziert, sagte ich weiter. Eines der zwei kennzeichnenden Merkmale der Neumundtiere ist die Weiterentwicklung des Urmundes in der Embryonalentwicklung.

Blastula!, rief der Hase. Darf ich?

Klar, sagte ich.

Eine Phase der Embryogenese von vielzelligen Tieren, sprach der Hase, ist die Gastrulation. Dabei stülpt sich die Blastula, ein Blasenkeim, der einen zuvor gebildeten flüssigkeitsgefüllten Hohlraum umschließt, nach innen ein.

Der Clou ist, übernahm ich, dass sich bei Neumündern während der Gastrulation der Urmund zum After ausformt und der Mund entsteht neu. Bei den anderen Zweiseitentieren, den Urmündern, wird hingegen der ursprüngliche Schlitz oder Hohlraum zum Mund und der After bricht sekundär durch.

Ohh, machte der Hase, wobei sein Schnäuzchen rund wie ein Poloch wurde, das kann sich auch nur der Mensch ausdenken.

Was?, fragte ich.

Dass Lebewesen nach dem Mund klassifiziert werden, nicht vom Hinterteil her. Ich wette, das kommt vom Stolz auf ihr evolutionär eigentlich ganz aus der Reihe tanzendes Sprachrohr, mittels dessen sie eben auch alles sortieren, aufräumen und definieren, seit sie auf der Erde sind. Dabei mussten die für das, was sie heute als Mund vor sich hertragen, erst mühsam einen neuen Schlitz ausbilden. Und den ganzen Firlefanz, Resonanzkörper, Stimmbänder, die Rhetorik und alles. Vielleicht beruht, mag ich nur sagen, euer Klassifikationssystem auch darauf, dass ihr vertuschen wollt, was eben auch bei euch der Fall ist: Früher hattet ihr den Mund am Arsch.

Ich brauchte einen Moment. Dann hatte ich es.

Halblang, Hase, sagte ich, das kann man auch umdrehen. Mein Urmund mag sich ja zum Hinterteil entwickelt haben, dafür hat mein richtiger, regelrechter neuer Mund rein gar nichts mit dem Anus zu tun! Während Urmünder, könnten sie sprechen, durch dasselbe alte Loch kommunizieren würden, mit dem sie in ihrer Frühform auch alles andere ausgeschieden haben. Bevor man ihnen ein extra dafür vorgesehenes Hinterteil verpasst hat.

Das hinkt!, keifte der Hase, Urmünder sprechen ja eben nicht. So wie selbst ich als Neumund Reden überflüssig fand, bevor du kamst. Und eigentlich hätte ich's dabei auch belassen und wie die Urmünder halten können, denen also seit Urzeiten ganz organisch schon sehr klar war, dass Sprache auch nur ein Gas ist und genauso schnell vergeht. Während ihr Neumünder mit euren höchst speziellen, neumündernen Sprechvorrichtungen euch in dieser Hinsicht so dermaßen ausgelassen habt durch die Äonen, wie man es evolutionär bis dato nicht nochmal gesehen hat. Ich meine, was da für ein Lärm auch draus entstanden ist! Durch nichts als heiße Luft!

Ich hielt das für eine verhältnismäßig hirnrissige Theorie, aber schwieg. Es war zu verfahren.

Dann lenkte ich ab.
Jedenfalls, machte ich in passablem Abstand weiter, sind die letzten gemeinsamen Vorfahren der Ur- und der Neumünder spiegelsymmetrisch gebaute Nierentiere. Der Körper dieser Tiere besaß eine Hauptbewegungsrichtung, nämlich: vorwärts. An einem ihrer Körperenden waren verstärkt Nerven- und Sinneszellen angelegt, in konzentrierten Klümpchen, und diese Klumpung oder Häufung hat, wie eine Wünschelrute etwa, die Richtung erzeugt und angegeben.
Ja, sagte der Hase, so ist das Lineare entstanden. Das Geradlinige, Zielstrebige und im Grunde auch das mit dem Fortschritt. Allerdings gingen auch die Bewegungsformen von da an keineswegs stur nach vorne. Nämlich haben viele dieser ersten Tierchen noch im Unterkambrium ihre Spiegelsymmetrie zugunsten von unsymmetrisch oder radialsymmetrisch gebauten Körpern wieder aufgegeben. Die sind dann nicht mehr über den Meeresgrund gekrochen oder geschwommen, sondern saßen vorwiegend einfach da. Und dauerhaft festsitzende Tiere benötigen eben keinen Körperbau, der auf eine Hauptbewegungsrichtung ausgelegt ist.
Wie?
Ja, komisch, nicht?
Da hat das Leben eine Zeitlang komplett im Sitzen stattgefunden?
Nahezu, sagte der Hase. Das hielt aber auch nicht lange. Denn außer den bis heute sesshaften Seelilien kehrten die übrigen Gruppen später zum benthisch-vagilen, ich sage mal, über den Meeresboden vagabundierenden Bewegungstypus zurück. Nämlich zum Beispiel:
Haarsterne,
Seewalzen,
Seeigel,

Seesterne
und Schlangensterne,
und die waren also alle wieder springend und kriechend und bohrend oder sogar schwimmend unterwegs in diverse Richtungen, bei denen niemand recht wusste, weshalb jetzt gerade hoch oder runter, seitwärts, im Kreis, schrumpelnd, pumpend oder amorph wimmelnd, im Verbund oder alleine, mit dem Strom oder dagegen, rückwärts, kopfüber, mit Ziel oder ohne – manchmal auch beides zugleich. Da hat sich also alles flexibilisiert und verkomplext, was einerseits sehr verwirrend gewesen sein muss, andererseits auch schön, so mobil und vielfältig, näher am unvorhersehbar Bekloppten als am vorhersehbar Klaren und dementsprechend frei. Sinnfrei auch, aber offen. Eichelwürmer zum Beispiel bohren sich seitdem durch die oberen Meeresböden, Flügelkiemer bleiben meist in festsitzenden Röhren, die sie nur manchmal kriechend verlassen. Spezifische Untersippen der Flügelkiemer-Familie bewegen sich auf dem Meeresboden umher, ohne jemals Wohnröhren überhaupt anzulegen.
Um Himmels willen, sagte ich.
Ja, sagte der Hase.
Jedenfalls, machte er weiter, haben schon die Ururahnen dieser Tierchen entsprechend verschieden und vielfältigst verschroben ausgesehen. Freischwimmer zum Beispiel hatten langgestreckte, seitlich abgeflachte, stromlinienförmige Körper, die mit einem biegsamen Stab im Rückenbereich stabilisiert waren.
Ach was, rief ich, ein Ansatz von Rückgrat!
So ist es, sagte der Hase. Andere Körper, sagte er weiter, waren quasi zweiteilig, nämlich bilateralsymmetrisch, mit abgeplatteten, breiten Vorderkörpern und Schwänzen, die mittig hinten an den Vorderkörpern ansetzen und ungefähr

ein Drittel von deren Breite besaßen. Die ruhten vermutlich die meiste Zeit an einer Stelle am Meeresboden. Sie fanden Halt, indem sie ihren Schwanz im Untergrund vergruben, sodass nur der Vorderkörper herausschaute. Den neigten sie für gewöhnlich flach zur Seite. Nur wenn es sein musste, wechselten sie ihren Standort, indem sie ihre Hinterteile im Sand hin- und herschwenkten.
Wie mühsam, stöhnte ich.
Aber auch rührend, sagte der Hase. Bei anderen Exemplaren machten die Schwänze nicht ganz die Hälfte ihrer Körper aus, sondern setzten eher hinten oben an. Auch die lagerten wahrscheinlich die meiste Zeit am Meeresboden, konnten bei Gefahr aber einfach davonschwimmen. Manche Arten sind demgegenüber vollständig zum grabenden Dasein übergegangen.
Ich war selbst schon halb weg, als der Hase noch sagte: Mischformen gab es auch. Manteltiere zum Beispiel waren nur als Larven pelagisch.
Phlegmatisch?, fragte ich schon ganz tranig.
Nein, sagte der Hase, im Gegenteil, pelagisch, also schwimmend oder schwebend, jedenfalls in Bewegung. Aber Manteltiere eben nur als Babys. Die haben den entsprechenden Körperbau später abgelegt und ihr erwachsenes Leben praktisch regungslos an Ort und Stelle verbracht. Nach dem Unterkambrium hat sich das aber wohl wieder umgedreht.
Das ging ja drunter und drüber, sagte ich.
Ja, sagte der Hase, aber alles sehr langsam.
Er schnaufte klein und leise.

Dann wurden wir beide still und schwer müde wie Steine, dabei hatten wir über den Verlauf unserer Vorträge und Überlegungen alles äußerlich Steinhafte restlos abgelegt und unsere vorherige Gestalt und Tonlage vollständig wiedererlangt.

Ohne an eine Wohnröhre oder etwas ähnlich Vorsorgliches überhaupt zu denken oder uns sonst wie im Untergrund zu verankern, schliefen wir Rücken an Rücken im Sitzen ein. Irgendwann neigte es mich flach zur Seite. Der Hase ruckelte sich qua Bauchmuskulatur nach und nach in eine leicht ausgebuchtete Mulde hinunter, wobei auch die keine superkonstante Befestigung bot. Im kurzen Übergang (Vorhof) zum Schlaf zog, wie auf einer dieser langsam kreiselnden Nachtlaternen in Kinderzimmern, eine Reihe Blindwühler an uns vorüber, einige Lurche, Unken und Molche, gefolgt von Kaulquappen und Seefedern, als Nachhut eine Seegurke, und lotsten uns als Einschlafparade tiefer und tiefer ins Unterbewusstsein, bis wir wirklich ganz weg waren vom Fenster. Solchermaßen verschliefen wir mehrere Erdzeitalter – eine ganz und gar pelagische Erfahrung.

Aus dem Kambrium schliefen wir uns zunächst vorwärts ins Perm. Von dort aus dösten wir traumverloren weiter Richtung Kreidezeit. Den tiefsten Schlaf fanden wir sowieso und überhaupt im Mesozoikum. Dann ratzten wir auf direktem Wege ins Karbon, um, kaum dort angekommen, hell aufschreckend festzustellen, dass wir uns völlig verpennt hatten und quasi wieder am Ausgangspunkt waren. Aber der Hase schlief sich hemmungslos weiter nach hinten. Im Mesoarchaikum schnarchte er so dermaßen laut, dass ich ihn bis ins Ectasium hören konnte. Mehrere Äonen später kam er zu mir zurückgeschlummert, woraufhin wir Seite an Seite ins Holozän poften. Dort wurde er glockenwach und berichtete mir von einem seiner letzten Träume:

Ich habe geträumt, du bist eine kleine grüne Maus in Jackson, Mississippi, und du piepst. Du piepst, was das Zeug hält, aber das Zeug hält nicht, es reißt.

Er strich sich versonnen (versunken) die Barthaare aus.
Wie, fragte ich, das war's schon?
Ja, sagte er, das war's.
Oder warte, da war noch was:

Ich habe auch geträumt von einem Beutel, oder genauer, dass du die kleinere, geringer bestückte von zwei Porenkammern eines Löwenmauls bist und aussetzig, ich meine, ausgesetzt oder abgesetzt, abseitig sitzend oder sitzengelassen und immer irgendwie daneben. Dass sich diese Fühlkette in ihrer ganzen dahinkonstruierten Bescheuertheit und mit empfindlicher Plötzlichkeit aus einem tatsächlich über dir hängenden Beutel ständig unerwartet über dir ausleert. Wie klein du bist dabei. Wie klein du bist und wie du nass wirst. Dass du nass auf einer Treppenstufe sitzt und einfach nass bist, ohne Hund, ohne Freund, dass deine Ma dann niest, und wie sie lacht, wie sie explizit nicht weint, erst recht nicht da, und wie das Bild dann flach wird und sich als leicht gewölbte Scheibe weit durch einen seichten Himmel neigt, aus dem ein Berg kippt, auf dem ihr steht, die Ma und du, mit einem Stift, und im Begriff seid, den Augenblick in einen Strich, und über euch der lila Himmel, durch den ein kleiner Flieger leise seine Bahnen pflügt, und da wisst ihr um die riesengroße Liebe, von der wisst ihr einfach, und Strich, Strich, Strich, in Ableitung aus dieser wisst ihr auch um alle Larven, alle unsymmetrischen und rudimentären Gestalten, verschiedene Kindeskinder und deren Verschwinden, von Kapillaren, die verstopfen und Infarkte machen, ihr wisst von Kreisbahnen und Kriegen, deren Fortsetzung durch alle Zeitalter und -gebirge und wie die größtmögliche Liebe im kleinstmöglichen Abstand darüber schwebt, ihr wisst von *ginger, lemon, indigo, coriander stem* und *rose of hay*, und du weißt, sie weiß vom Faltbootstapel, vom Fließen und Verflossenen, vom Winden und Verbiegen, dass alles deinen Weg kommen wird und dass du das schon machen wirst, mit deiner eigentlich Falschbuchstabiertheit und Ausversehentlichkeit. Ihr wisst auch alles über Hasen.

Da waren wir ja ganz schön schlau, in deinem Traum, sagte ich.
Ja, sagte der Hase, traumhaft schlau.

Auf unseren letzten Metern vom Holozän zurück zur Jetztzeit tanzte mein Opa Erich Anton im neuesten Tweed der 80er Jahre zu Dynoro & Gigi D'Agostino, *In My Mind*, einmal unfassbar cool und superikonisch von links nach rechts über die Zeitleiste, Hände auf Ohrenhöhe, Pullunder, Hornbrille, Schiebermütze. Die entsprechende Oma kam auf derselben Route einige Minuten später zu *Cecilia* von Simon and Garfunkel Kreise drehend hinterhergewirbelt und blies dabei ab und zu in eine kleine Tuba. (Sie war wirklich sehr klein.) Ich dachte schon, das war's, aber da kam noch eine seltsam kelchförmige Feder hinter der Oma hergesegelt, während das Kronos Quartet im Hintergrund *The Beatitudes* von Vladimir Martynov spielte. Applaus.

Buntspecht - Unter den Masken (Official Video)
0:40 / 3:44

Buntspecht - Unter den Masken (Official Video)
0:41 / 3:44

Buntspecht - Unter den Masken (Official Video)
0:42 / 3:44
HD

Buntspecht - Unter den Masken (Official Video)
0:48 / 3:44

Buntspecht - Unter den Masken (Official Video)
0:58 / 3:44

Buntspecht - Unter den Masken (Official Video)
2:20 / 3:44

SCHALLTOTER RAUM (SCHALOTTEN, OBDACH, BUTTERBROT) Potzblitz steh ich vor den Gladiolen im Garten meiner Eltern, plötzlich war es jetzt geworden. JA, sage ich mir, ich habe – WAS denn! 1 Aura aus Kreide, Aura von KALK. Ich bin hundertunddrei Jahre alt, ein jetzt schon, lang schon auf dem besten Weg zum Kauz. Da liegen meine Federn. Über der Wiese mehr Schmetterlinge als erwartet, Hochsommer, Juli 22. Wovon bin ich so wund? Bin ich nicht vorbereitet gewesen? Nicht gut genug? Hier sitz ich eingesackt, erledigt nach sechs Jahren. Und rufe aus dem vorletzten Schachtkammerloch meiner Parzelle nach möglichst weit raus und oben: *Linguine!,* rufe ich, *Mozzarella di Bufala!,* aber ich habe mich im Wort vertan, also fang ich von vorne an: *Antonin, Antonin,* rufe ich, *ich meine Artaud!* Ich meine, dieser Tage braucht *der Künstler* die Gesellschaft nicht mehr, um futsch zu gehen, *die Gesellschaft* kriegt davon im Zweifel nichts mehr mit, das wird in gut abgeschotteten Höchstprofessionalisierungsnischen fein säuberlich von selbst erledigt. Die behauptete Metaphysik dieser Branche ist ihr Gift, rufe ich, kannst du mir, *Antonin,* die These bitte widerlegen! Allerdings ist es Waldhessen, also antwortet keiner. In meinen Kreisen regiert, rufe ich zwecklos weiter drauflos, ein angeblich hochbewusstes, die eigenen Ausmaße, Fangarme und kollektiven Konsequenzen konsequent ignorierendes, stark zergliedertes Getriebe alle Tage und Fasern, blindlings rammelt es vorwärts, was es kriegen will, nimmt es, macht es saisonal zum Sakrament, schleift es durchs Land und treibt sein eingeübtes Spiel damit, bis alles klein wird, gleich wird – und SOFORT wieder von vorn beginnt. Bis man aus Anstand der eigenen Sache gegenüber abseitig und verschroben wird. Ich meine, *ist es nichts Wahnsinniges, wenn man nachts mit zwölf Kerzen auf dem Hut befestigt spazierengeht, um eine Landschaft vor dem*

Motiv zu malen? Ist es nicht, sagt Antonin, es geht ums Licht. Aber dann haben sie einen. Dann spricht man in Träumen, Gewächsanalogien und Liedzeilen. Mit Kerzen auf dem Kopf. Zu Tieren. Aus der vermeintlichen Ruhe abgeschlossener Leben heraus. Von Kleinkindzeiten, von Seelen. Von wegen. Ich wollte nie auratisch sein, nicht in dem Ausmaß. Es ist nur anders nicht auszuhalten, ohne alle paar Wochen aufzugeben, aufzuhören, zuzutreten. Ersatzhandlung = ständige Stadtflucht, also regelmäßige Umlenkung, Ablenkung, Versetzung des mahlstrom- und mühlsteinmäßig zermürbten Innen- und professionell banalisierten Außenlebens an vermeintlich abgeschottetere Orte. Zerstreuung der Einzelteile. Kaschierung der immer wieder fast final durchgesickerten Desillusionierung. Abwesenheitsnotizen, Zauberkasten, Tulpenzwiebel, Abfahrt. OHH. So nahm ich mir einen Hasen, erkläre ich der Hangbepflanzung im Garten. So dachte ich mir einen Hasen. Solchermaßen dachte ich mir den Hasen und nahm diesen Hasen und floh aufs Land. In einem traktorähnlichen Leihwagen sind wir durch das scheinbar nicht endende, eigentlich wirklich kleinliche Areal einer abgewrackten, baracken Traumfabrik gefahren, aus deren Verschlussklappen es immerzu pfiff und sickerte. Es hing eine Dringlichkeitspenetranz und Wichtigtuerei in der Luft, dass es nicht zum Aushalten war, allseits schossen unaufhörlich Anschreiben, Anliegen und E-Mails durch die Luft, Listen, Line-ups und Bestenlisten, alternative Bestenlisten, außerdem Massen immens akuter, ultragegenwärtiger Kurz-, Klein-, Groß- und Langzeitprojekte, dazu Debatten verschiedenster Tiefen und Klugheitsstufen, die aber alles wussten, alles immer 1 QUANTUM BESSER wussten, alles andere wegschmolzen, kein Wunder übrigließen, sodass alles möglichst eindeutig, nach Schlagworten und Relevanzdiskursen sortierbar war – es war ein papiernes Riesengebirge, zwischen dessen überdimensionierten Felswänden (Publikationsklappen) sich das Echo von allem, was besprochen, reclaimt, revalidiert und durchnudelt wurde, mit jedem Wegmeter exponentiell vervielfachte. Bedrohlich. Und gleichzeitig so schnarch. Wir schafften es mit dem Traktor um Haaresbreite unbeschadet aus diesen in sich verfahrenen Schluchten, dann waren wir da. Mein Neffe liegt auf einer dicken Patchwork-Decke auf der Terrasse und ist noch so klein. Jetzt sagt er *dada*, dann sagt er deutlich: *warte*. Das kennt er schon. Ich gebe ihm Butterbrot in winzigen, akkurat zugeschnittenen Quadraten. Die Gladiolen (*gladiolus illyricus*, Siegwurze) nicken mit ihren zygomorphen Köpfen. Der Mozzarella-Büffel steht im Garten und raunt zu den Liguster-Büschen: Wie ist dieses zarte Wesen mit den betrieblichen Zirkeln überhaupt derart frontal in Berührung gekommen? Sie war doch so zart. Also in den Abhängigkeiten (Heckenrosen) stand ich, am deutlich kürzeren Hebel, von allen mindestverantwortlichen Geistern verlassen, höchst selbstständig inmitten der schönsten Metaphysik meiner Branche (ein Blumenbeet) und sah zu, wie das Gift sickerte, aus einem einwandfreien Tropf, und einlief, abfärbte, auf eine Hirnhälfte, dann auf zwei, in den Brustkorb, schließlich ins Schreibzentrum, auch in die Nebenpfade (Kapillaren) abseits der Hauptschlagader und wieder zurück, *und welche neutralisierenden Mittel (Kunstgriffe, Prozeduren)*, lese ich in meinem derzeitigen Immer-dabei-Buch, *durch die Lektüre welcher Bücher anzuwenden seien, um der Vergiftung entgegenwirken zu können* – notiere: Olivia Laing, *Art in an Emergency* (ist ein Arzt in der Nähe!), *Heilige Schrift I*, Sheila Heti und *Kommt her ihr Heinis ich will euch trösten*, paar Filme, Lakritz-Pizza, die Acceptance Speeches von Olivia Coleman, 1 *Empire of Light*, immer wieder Linguine, Linguine,

Linguine mit Büffelmozzarella, Kirschtomaten, Basilikum, Knoblauch und Chili, die winzigen Hände meines Neffen sowie einige heimliche, schweinische Male die Vision Artauds, ob nicht *an einem jener Abende, von denen ich rede, am Boulevard de la Madeleine, an der Ecke der Rue des Marthurins* – oder eben über den Heckenrosen – *ein gewaltiger weißer Stein herabgefallen* sei, *als entstammte er einer gerade abgeklungenen vulkanischen Eruption des Vulkans Popocatepetl*. Der Büffel schwenkt bedächtig und nachdrücklich seinen schweren Schädel von links nach rechts und langsam wieder retour. In seinem Nacken sitzt der Hase und singt aus voller Kehle UUUOAAAHAAA, *there goes her innocence!*, in Abwandlung eines meiner Lieblingssongs von kürzlich, der weiß aber auch alles, denke ich, der Hase, dann nehme ich mir einen Schleier aus Schönheit, ein Bettlaken aus Sanftmut, Resignation und Wind, eine Hydrobooster-Maske Sprache, breite sie über die Konkretion der Zumutungen und versuche es weiter im Text, habe nichts in der Hand außer dem, außerdem drei Wochen Zeit bei meinen Eltern. Einmal sehen wir (Hase, ich) auf dem heißgeliebten, vermufften Ausziehsofa im Erdgeschoss (es ist das alte von der traurigen Oma) eine Kinodokumentation über John Irving. Ich bin im Schlafanzug, und John Irving ist ein Leinwandschriftsteller, ein Breitbandschriftsteller bei Amazon Prime. Dass John Irving ein Hundemann ist, liegt in der Natur aller Sachen. Also sein Hund sein bester Freund, stiller Kumpane, viel Fell, hellbeige, gut gepflegt, alles gut gepflegt, von dezentem Glanz und Wohlstand, Herr, Hund, Haus, Haus am See, Riesenhaus am See!, weitläufig!, licht!, und Steg!, eigener Steg!, mit Segelboot! Von hier bezieht John Irving Fell und Holz und Seeluft, Licht. Genug Knete für eine weithin sichtbare literarische Existenz, Exzellenz, hat der Knete, auch verdient, aber auch immer noch Training, Schweiß, Seilspringen bis ins hohe Alter, Synapsen regelmäßig entlasten (entlüften) *und* zugleich fokussieren, John, gut so, John, ein Bild von einem Mann, ein Bild von einem Leben (und was für ausgemachte Lumpis der Hase und ich dagegen): die organisierte, vielgliedrige Tischlandschaft um seinen drehbaren Schreibtischthron, darauf verschieden hohe Plateaus fein säuberlich sortierter Papierstapel, eine Assistentin! Diese beruhigende, fast berührende Einrichtung, fast berührende Eingerichtetheit von allem. Klar, Familienfotos, Familiengeheimnis, auch klar, egal, John Irving ist sich wohl lange selbst schon ein voll erfülltes, gut ausgeleuchtetes, mit sich selbst identisches Image, aber ich mag John Irving, so lange schon. Ich meine *Egg*! Die Äthersucht von *Wilbur Larch*, allein die ganzen fantastischen Namen. Und *Kummer*, der Flatulenzhund. Von John Irvings Seehaus ziehe ich kopfwärts in meine eigene Wohnung, Hinterhof, Seitenflügel, 4. OG links, der Hase neben mir ist zwischenzeitlich in einen zweiten Schlaf versegelt. Von Waldhessen aus sehe ich überall in meinen Zimmern kleine Totems sitzen, auf den Hängeregalbrettern Minialtare blitzen, neben dem Schreibtisch hatten sich folgende Bilder an der Wand versammelt (zusammengeschlichen): lieber, cremefarbener Hund in lila Wiese, *Pop-Kultur*, Frakturschrift, immer diese Frakturschrift, muss das denn sein? Daneben Foto: Mama, Boot, so schöne Beine, Brise, Licht und filigranes Wasser, nebenan: 1 winzige Figur, schlohweiß, in tiefem, schwarzem Schacht (Kammerloch), sie fühlt sich aber wohl da, sagt sie seit Jahren, und ich frage sie regelmäßig, ich erkundige mich stetig nach ihrem Befinden, sie! ist angenehm für sich und emotional schlechthin nicht zu entziffern. Links neben dem Wandkalender zehn von unten ausgeleuchtete, im Licht fast schwebende Gestalten mit leuchtenden Helmen auf einer schweren, schwarzen Rampe, Inszenierung Nosferatu, Theater Lübeck, ich konnte nicht kommen, Sivan!, Marie!, zu viele Termine!, wer gibt diese ganzen Termine, wie kann man so viele Termine erfinden, spinnt ihr? OHH. Die Helme sitzen kühl schimmernd auf den Köpfen, der Raum liegt vakuumiert und still auf dem Bild wie im Text, ein Universum, Abkopplung, autarke Präsenz, und bleibt ein Trost. Nachbarbild: Kathrin Angerer im immens hohen, lachsfarbenen Sprung mit seitlich abgewinkelten Beinen und weit ausgebreiteten Armen über der Bettmatratze, auf der Henry Hübchen sitzt, sein herrlich trüber (angepisster?) Blick, und Gitarre spielt, Volksbühne <3, Volksbühne!, John Irving <3. Daneben: Anne, ich und der Gummimelonenball *(Korpi)* an der Wasserkante auf Korfu, mein fast ins Meer klappernder Körper, 18. Mann, 18. Was noch? Die Äffchen. Die Äffchen mit Trommelgeschirr und Federschmuck, visitenkartengroß, in rosa Shorts mit Hosenträgern, wie der Linke beide Arme über den Kopf reckt, Jubel oder Empörung, Aufregung oder Resignation, mittig zwischen ihnen der ledrige, nach oben offen daliegende rechte Fuß des anderen, wie dieser andere seine Hände auf der Trommel faltet, ablegt, das Gesicht zum Himmel hebt, in den Himmel legt, eine Art Trance, oder weil nichts mehr zu erwarten, nichts zu wollen, alles still ist, dieser nicht fassbare Gesichtsausdruck, die ganze Klamotte, der Aufzug, das Ausgestellt- und Ausstaffiertsein der Äffchen, die Idiotie der ganzen Szenerie, Gleichzeitigkeit von Tragik, Belämmerung, Versunkenheit, Nichtunterscheidbarkeit von Fatalismus und Freude, ein Kippbild. Das Gefangensein, Gebanntsein der Tiere in der Kulisse und ihr Zuhausesein, Gebanntsein auf dem Kärtchen an meiner Wand. Nebenan 1 ausgebleichter, blassgrüner Zettel an vier Tesafilmstreifen: *Äh – Von wann stammt dies Geräusch ab, das wir sprechen?* Novarina, Valère, je vous aime, vraiment, vom ersten übersetzten Wort – *Von uralters. (…) Da gab's noch keine Erde; und meine Füße hingen nirgends.* Und schließlich, links außen, am äußersten Rand der Versammlung, wie abschließend, schützend: Mayröcker, Friederike, schwarze Lilie, wildstiller Vogel, Durstvogel, dein *verzweigtes, verzwergtes Gehirn*, die über dich her stürzenden Papiere, Türme, Körbe, Kübel, Kopfschwester, Herzzwilling. Wie viele haben das schon gedacht? Wir waren uns, als wir an dem Junitag zusammen auf der Wiese lagen und alle traurig waren, einig, jetzt bist du eine Eule. Darf ich dich Fritzi nennen? Wie ist es, wo du jetzt bist? Geht es dir gut? Schreibst du mir ein Buch von dort? Im Parcours meiner Minialtare weiter: Anordnung der Gewürzdosen, Gläschen und Kleindinge auf dem Küchenregal, Anordnung der Pflanzenkübel und Pflanzen, Anordnung der Vasen, Fläschchen, Sonnenbrillen, Anbringung des Flamingos im Abtropfkasten am Spülbecken, Aufklebung des Kaffeefilters an der Kachelwand darüber, darüber 1 *leidende Frucht* (Paul Klee), die unendliche Reihe der Übergangsjacken an der Garderobe im Flur, Stapel der abgelaufenen Kalender hinter der Holzkiste unterm Drucker, wenn die Bücher auf den Dielen im Arbeitszimmer nicht richtig liegen (in unregelmäßigen Abständen umgeschichtet, immer darf wer anders oben), kann ich nicht schlafen. Which is nicht ganz richtig, überspitzt, aber einen Hasen habe ich wirklich im Bett. Und während ich schlafe, dösen auch die Döschen in der Küchennische in schönster Seelenruhe vor sich hin, niemand röhrt, alle brav. Schlaf = allen heilig in meiner Wohnung, bedingungslos. Demgegenüber früher das ständige Umziehen, auch Herumziehen der Möbel in meinen jeweiligen Zimmern, ihr geradezu Herumrennen, sich permanent Umpositionieren, Umpostieren, Verschieben, 1 chronische Nervosität, oder von der Flexibilität und Offenheit eines Baukastens, die Möbel und ich, wir stiefelten durch die Konstellationen, liefen die Positionen auf und ab, wie schon im Teenagerzimmer das Bett gewandert ist, wie es in den Folgezimmern auf meinen jeweils zehn bis zwanzig Quadratmetern in jedem erdenklichen Eck gestanden hat, und dann plötzlich – ausgerechnet, als ich mir die Wohnung alleine leisten kann und die Quadratmeter, Stellplätze sich vervielfältigen – das Stehenbleiben, Anwurzeln der Gegenstände, Festigkeit der Standorte, bis hin zu: Wenn der Pappkarton als Sofatischersatz nicht im richtigen Winkel zum Sofa, das Schafsfell vor dem Sofa verrutscht ist, die Holzplatten auf den Bastkörben im Schlafzimmer nicht richtig liegen, mein immer wieder Hinrücken, fast neurotisches Zurechtrücken der Dinge an ihren Platz. Kommt das von der Bewegung, der zunehmenden Unruhe außerhalb dieser Wohnsituation, dem irgendwann zum Beruf gewordenen ständigen Herumreisen, Herummüssen von mir selber, oder ist das eine Alterserscheinung, Zutagetreten eines Wesenszugs, oder schlicht, dass sich mit der Zeit etwas gefunden, entschieden, festgelegt, eben eingerichtet hat, eine Einigkeit, Übereingekommenheit zwischen den Zimmerdingen und mir? *Diese beruhigende, fast berührende Einrichtung, fast berührende Eingerichtetheit von allem.* Oder früher buchstabierte ich meinen Namen an die Wand, heute schreibe ich an der Wand entlang. Wie ich mich halte, wie ich niste zwischen diesen Arrangements, meinen möblierten Routinen, selbst aus der Ferne, und wenn nur in der Vorstellung: der Parcours meiner Blicke, Handgriffe, Schritte in meiner Wohnung, *mein Herz mein Zimmer,* die Namen und Gesichter aller Bilder an meinen Wänden. Meine Wandleute, Wandfreunde. Ich kenne sie, sie kennen mich. Von diesen Minischreinen, Bildräumen, Raumordnungen bezog ich 60 Quadratmeter Ruhe, ein Refugium, Notwendigkeit meiner eigenen, selbst modellierten Kapelle. *Mozzarella di Bufala.* Ein Kopfzimmer weiter: mein innerer Privatstrand (zwei Handtücher mit Streifen). Wie der für immer heimlich bleiben wird, ist das Schönste. Italien, der stotternde Motor, die Hitze, also der alle 10 Kilometer krepierende Motor des Lieferwagens – genug Zeit zum Verlieben. *Denn du bist verrückt genug!* Meine Füße auf der Beifahrerarmatur, Bild meiner nackten Füße auf der Beifahrerarmatur, wie Matthes sich alle paar Minuten mit dem Unterarm den Schweiß aus der Stirn streicht, 2 Pizzakartons auf der Rückbank, im Laderaum 1 Zeichnung von Vincent Larry Schmidt, der nur uns etwas sagt, 1 wie Kino-inszenierte Verliebtheitskulisse, da muss man sich ja verlieben, brauch' man auch, zwischendrin 1 eindeutiges Bild im eigenen Kleinleben, und ich weiß, Adorno, die Kulturindustrie ragt bis in die privatesten Regungen in die Seele der Menschen rein, egal jetzt! *Denn du bist verrückt genug, um dich in dieser Welt zu verlieben,* und es geht immer noch irgendwie weirder (weiter). Als ich einmal nach Hause kam, sah ich, dass das *Hotel New Hampshire* auf der *Dialektik der Aufklärung* drauflag. Ohne Absicht! Meinerseits! Die Bücher wohnen heimlich miteinander, sie kommunizieren, auch in meiner Abwesenheit, sie teilen sich die Hausarbeit. W. G. Sebald schreibt über eine Begegnung mit Ernst Herbeck an einem Vormittag im späten Oktober 1980, Zärtlichkeit und Resignation, sie rauchen Zigaretten miteinander: *Ernst war mitunter sehr weit entfernt. Minutenlang ließ er die Gabel senkrecht in seiner Mehlspeise stecken. (...) Viel hätte, glaube ich,* schreibt Sebald, *an diesem Vormittag nicht gefehlt, und wir hätten beide das Fliegen gelernt, oder ich zumindest, was man braucht für einen anständigen Absturz.* Zum Abschied lüftet Herbeck seinen Hut und macht, *auf den Fußspitzen stehend und leicht vornübergebeugt, eine gezirkelte Bewegung, um im Abgang den Hut wieder aufzusetzen, das Ganze ein Kinderspiel und schweres Kunststück in einem*, es erinnerte ihn dies, schreibt Sebald, *an jemanden, der lange Jahre beim Zirkus gewesen ist*, dann geht Herbeck zurück in sein Zimmer im Haus in Klosterneuburg. Fühle mich danach etappenweise sicher, unspezifisch aufgehoben mit dem Hasenvorhaben. Dann kommt *DER KRIEG*, und nichts weiß weiter, alles wund und dumm geworden, dann voller Betroffenheit, alle sofort voller Betroffenheit, Betroffenheitsrhetorik vor allem – das sowieso ein zunehmend (zusehends) aufziehendes Gewitter, also von der beobachtbaren Zwangsläufigkeit eines physikalischen Geschehens in der näheren Atmosphäre, wie schnell sich eine Rhetorik zusammenbraut, ein Diskurs aus den Verhältnissen stülpt, zum Diskurs abnutzt, wie *Diskurs* überhaupt vorwiegend zum Abnutzungsbegriff wird, das Sprechen so rasant eingerichtet, offensiv ausstaffiert, zugeschnürt und dann *Diskurs* genannt wird, dass sich schnell fast gar nichts mehr bewegt. Dies ist die Sachlage, hier sind die Vokabeln, Buzzwords, und so sprechen wir jetzt: BETROFFENHEIT!, rufen die immerzu aufstehenden Münder, KRIEG!, schreien sie, VOR DEN TOREN EUROPAS!, *(crescendo)* UNSERER HAUSTÜR!, *(fortissimo)* IM 21. JAHRHUNDERT! Als hätte sich das durch Frieden bisher irgendwie hervorgetan. Was denkt sich der nicht westliche Rest der Welt, wie weit geht Ignoranz im Angriffsfall, wie breit sind eure Türschwellen, Vorgärten, und wann kommt der Backlash, wann kippt die Betroffenheit, oder gewöhnt man sich vorerst, Selbstverständlichkeitsspule, in den medialen Abstand und die Weltungerechtigkeitsverteilung hinein und macht weiter, erstmal weiter, und es geht immer noch irgendwie weirder. Der auf Waffenlieferung drängende ukrainische Botschafter wird ein Frühjahr lang als

Kochtopf, Boxsack für die bundesrepublikanische Emotionshygiene benutzt (was BILDET der sich eigentlich, NIMMT der sich raus, der soll mal die FÜSSE STILL – VOR UNSERER HAUSTÜR!), irgendwo muss man ja hin, mit seinem ganzen saturierten Hass und Gossip. Oder der unregulierten Angst. Auf dem frei drehenden Ereignisrad der Ultragegenwart eins weiter, eine Randnotiz, bombt Amerika in den frühen Morgenstunden des 31. Juli Aiman al-Zawahiri, Nachfolger Bin Ladens an der Spitze der Terrororganisation al-Qaida, mit zwei Hellfire-Raketen vom Balkon im dritten Obergeschoss seines Domizils in Kabul. Der erste *Jahrestag* des Truppenabzugs nach 20 Jahren militärischer Belagerung des Landes ist nicht weit hin. In Washington steht ein anderer Mann, Nachfolger Donald Trumps an der Spitze des so genannten mächtigsten Landes der Welt, auf einem Balkon seines Regierungsdomizils vor Fernsehkameras und sagt in gut eingeübtem Versmaß: *No matter how long it takes, no matter where you hide, if you are a threat to our people* – er sticht mit dem Zeigefinger in die Bildmitte der Kamera, *the United States will find you and TAKE YOU OUT*. Hellfire-Raketen haben eine Länge von 1,64 Metern und erreichen eine Geschwindigkeit von 1445 Kilometern pro Stunde, sie zünden bei Aufschlag und wurden zur Zerstörung von Panzern entwickelt. Per Drohne gesteuert zerfetzen diese Waffen ihr Ziel allerdings mit messerähnlichen Klingen, selbst wer nur wenige Meter davon entfernt steht, wird nicht verletzt, versichern Experten – weshalb qualmt es auf den Fernsehaufnahmen dann so dermaßen über dem Villenviertel der Stadt? Al-Qaida sei über die letzten zwei Jahrzehnte größer und diversifizierter geworden, ungleich weitläufiger vernetzt als noch 2001, sagen manche, andere das Gegenteil – es handle sich um eine auch *dank* der diskreten *Arbeit* der US-Regierung stark geschwächte Gruppierung – wie soll man sich da Wissen besorgen, wie viel ist gewertet, was ist wie ausgewählt, perspektiviert, gibt es im Krieg und im Terror per se kein Wissen, sind das sich gegenseitig abstoßende Aggregatzustände? Laut Beobachtern sei al-Zawahiri innerhalb der Organisation mehr *nerviger Propagandist* als *aktiver Strippenzieher* gewesen, nachfolgende Anführer stünden längst in den Startlöchern, die USA stehen drei Monate vor den Kongresswahlen. *We do not break. We do not give in. We never back down.* Feier des Einzelschlags, selbst im Kontext eines per se kaum verortbaren, explizit *nicht* subjektgebundenen Terrorismus, die Logik wird im Zuge der Symbolpolitik gleich mit über die Balustrade geschossen. Lob der Drohne, Lob der Präzision des Zugriffs, die Rede ist alt wie die Technik, man kriegt sich seit mehr als 20 Jahren nicht über die Phänomenalität eines Tötungsinstruments ein, hat das bei Panzern, Granaten, Äxten und Speeren vergleichbar lange angehalten? Was sind das für Methoden? Abarbeitung der Racheliste, Vergeltung, feierliche Verkündung. Die martialische, auftrumpfende Rhetorik. Gnadenlosigkeit des in die Linse zielenden Zeigefingers, eine Liturgie: *We keep the light of freedom burning – a beacon for the rest of the entire world.* Etymologie der Kriegswaffennamen, Religiosität politischer Parolen, die Nation als Leuchtfackel, die Nation als Höchstpräzisionsrakete, im Namen der Freiheit, eine Sorte für die ganze Welt. Wo ist der Unterschied, Amerika? Wie alt seid ihr? Woher nehmt ihr die Metaphern? *(– Von uralters.)* Und wie weit geht ihr, für die GESTE? – Sprichst du, lallt der Hase im Halbschlaf, deshalb so fanatisch über diese Meldung, weil das die chronischere, vertrautere Variante von Brutaloglobalzustand ist, im Vergleich zum wirren, ungewisseren, akuten? Wie: Da ist man besser *eingerichtet*, fast: *zuhause?* – Melnyk wird sich mit fortgesetzt affirmativen Äußerungen zu einem ehemaligen NS-Kollaborateur in Misskredit bringen und abberufen werden, die Empörten werden recht bekommen haben, bis dahin veranstaltet man Solidaritätskonzerte, hortet Sonnenblumenöl und bildet neue Gesinnungskoalitionen. In der Oder sterben im selben Sommer zwei- bis vierhundert Tonnen Fische, die Ölkonzerne haben Stand August 22 durch die weltweiten Konsequenzen des Überfalls mit einem Gesamtgewinn von 60 Milliarden Dollar von *der Krise* profitiert, *mir geht die Infrastruktur der Welt ab*, Fritzi, die Welt schält und häutet sich, eine Weile hält sie zusammen, in einer verfilzten, scheinheiligen Ordnung, dann *lässt* sie alles wieder los, und alles fällt ihr weg, sie kippt, dass alle rutschen, und im Sturz scheint sie zu rufen: *Und wenn ich untergeh! I'm taking everbody with me!* Wie weiter, Fritzi, und wohin weiterschreiben, wenn alles Reden so brutal, brutal ausgelatscht und egal ist, quer durch alle rudernden Diskurse – aber Fritzi antwortet nicht, Fritzi spricht nicht mehr. Der Hase schnarcht. Ich habe Rotwein, es ist Abend geworden. Billie Eilish singt: *Can't shake the feeling that I'm just bad at healing.* (In zig Köpfen, u. a. meinem, ruft sie aus einem anderen Song zur Abschreckung und im Ekel, wie als maximal kurzen Abwehrzauber ständig: *DUH!*, Joe, *das* ist unschlagbar.) Meine Ma wünscht sich gerade, ohne dass sie die neue Passage gelesen hat, Linguine mit Büffelmozzarella, Kirschtomaten, Knoblauch und Chili zum Abendessen. Basilikum!, rufe ich. Und wie in diesem Moment ein kleiner grüner Vogel von rechts nach links über die Gartenterrasse fliegt, *witsch, witsch*

– dada

– warte

So schnell es uns in diesen abseitigen, stark verkrümmten Raum katapultiert hatte (Wurmloch, Newsfeed, Gegenwart), so schnell waren wir wieder draußen, rausgefallen aus der so genannten Superkonkretion und nebeneinander zurück auf der nächsten Gabelung unseres Schlingerkurses, aber immerhin nach wie vor zu zweit, einer wie gehabt niedrig (bodentief) und aus Fell, die andere höher und aus Haut mit Haaren.
Der Hase putzte sich lautstark die Nase.
Ja, sagte ich, ich habe –
WAS denn?, patzte der Hase.
Ich wollte doch noch –
JA?
Na was ich einstmals mag!
Ah so ja, sagte der Hase leiser (und sah es wirklich ein).
Ich hatte mir das sicherheitshalber irgendwann notiert.
Ok los.
Ok: ARCHIV VON WAS ICH LIEBE II oder aus welchen Abstrakta sich (neben den Sentimentalia) mein Herz sonst noch zusammensetzt: komplett vollgeschmierte Züge.* Frechheit. Ich meine virtuose. Leute, die artistisch völlig selbstbewusst kopfstehen. Ausgewachsene Menschen, die schamlos und kenntnisreich spinnen, auf den Bühnen und

* »Es ist bekannt, daß das, was die Graffiti ausmacht, nicht eigentlich die Inschrift ist, auch nicht ihre Botschaft, es ist die Mauer, der Hintergrund, die Tafel; weil der Grund voll existiert, wie ein Gegenstand, der schon gelebt hat, kommt ihm die Schrift immer wie eine rätselhafte Zugabe zu: das, was *überflüssig* ist, überzählig, ortlos, das stört die Ordnung; in dem Maße, in dem der Grund *nicht sauber* ist, ist er fürs Denken unpassend (im Gegensatz zum weißen Blatt des Philosophen) und daher sehr passend für den Rest (die Kunst, die Trägheit, den Trieb, die Sinnlichkeit, die Ironie, den Geschmack: alles, was der Intellekt als ästhetische Katastrophen empfinden mag).« Roland Barthes: *Cy Twombly*.

Leinwänden, in den Worddokumenten des Landes. Meinetwegen auch mit Scham, und spürbar. Sich zwischen gewichtigen Monologen leuchtende Dinge in die Nase stopfen. Über rollende Mülltonnen rennen, bis sie fast fliegen und sichtbar schwitzen, wobei sie Dinge von großer Wichtigkeit rufen und offensichtlich lieben, wie laut das Blech dabei kracht. Sich Hunde ausdenken, die *Kummer* heißen und ohne Unterlass furzen. Die Realität aufpumpen bis kurz vor Platzen, dann loslassen, dass auch sie pupst und schrumpelt. Diese Art von Anarchie. Unverfrorene Dramaturgien. Total ausgebreitete, komplett aufgefaltete Krämpfe. Keine Angst vor Entertainment. Punk, Punk, Punk. Dass daraus der Kopf in Aufruhr kommt. Bewegung. Hirn! Wenn man das Hirn merkt, ich meine, dass man laut lacht. Oder innerlich niest oder hustet und dann plötzlich heult. Sich gedanklich kurz verschluckt. Vielleicht nennt man das Chuzpe. Oder Freiheit (wenn die rhetorisch bloß nicht so verbraucht wär). Trash und Widerspruch. Dass einem Oben und Unten mal gründlich vergehen. Die Bereitschaft zu vergessen, was man weiß, wie es ist und was das soll. Wie herum nochmal richtig herum ging. Das kommt früh genug wieder, das kam immer noch wieder zurück, fast jeden Morgen. Also auf keinen Fall Realismus, solange es irgendwie schadlos geht, und sicher nie als Ziel und Vorsatz. Von dieser Startbahn (Basis) durch die Nasenhöhle, Hinterstube in die so genannte Wirklichkeit zurück oder überhaupt dadurch einmal wirklich an sie ran. Schwindel. Ich meine gar nicht immer Lyotard, Deleuze und die Plateaus davor und dahinter, ich meine schon so uralte Ungleichzeitigkeiten wie die Kunst der Fuge, Vielspurigkeit, Bachlauf, Verschiebung! Wie die Linke deutlich was ganz anderes tut und will als ihre Nebenhand, während sie aufeinander zu und voneinander fortrennen, wie das fantastisch wird oder

zu Schwachsinn, die Schönheit von Bruchkanten, das absichtslose Korrespondieren der Schnittstellen, Ausbüchsen der Anschlussfähigkeiten und dann auf dieser Route rückwärts durch die Drehtür in den Kitsch. Mit Anlauf Krokant. Die dünnen, langen Nebelarme der Regenwolke überm Schlafcamp unter freiem Himmel, und wie vom äußersten Punkt am knochigen Nebelfinger (Fangarm) über meinem Schlafsack der Tropfen abspringt, in meinem Traum letzte Nacht, ein Geist. Alles. Überall. Und über alles auf einmal. Zu viele Fäden, um sie alle in der Hand zu behalten, zu viele gleichzeitig geöffnete Synapsen. Türmende Tiere und Dämonen. Irrlichter, Trugbilder, Gespinste, Phantome. Schimären, Scharlatane, Dilettanten. Kurzfristig wirklich nicht wissen, in welche Richtung übers freie Feld die Verantwortlichkeit, die mir zum Hüten anvertraut wurde, jetzt gerade abgezogen ist. Ob ich die nochmal wiederfinde. Ich kann ja ständig Angst haben, aus lauter alten Anlässen, habe ich auch, aber hier, genau hier, da bleibt frei. *Kusch*.
Gibt es in Waldhessen wirklich grüne Vögel?, fragte der Hase.
Mir war so.
Ok. – Lolli?
Ach so, ja!
Bitte.
Danke.

Sage mal, sagemalte der Hase nach einer Weile, den Lutscherstiel seitlich im Mundwinkel wie ein Cowboy oder wie andere Hasen Grashalme, magst du nicht auch Bars?
Nicht mehr so sehr.
Und Diskotheken?
Schon lang nicht mehr.
Zu wild?

Mmh.
Irgendwas anderes Einfacheres?
Wenn Matthes mir wie beiläufig mit einer Hand den Hinterkopf krault, während wir mit anderen reden, und alles zieht sich auf den gekraulten, warmen Punkt am Hinterkopf zusammen.
Bist du alt?
Ein bisschen.
Sind die krassen Zeiten vorbei?
Ich glaube ja.
Tut das weh?
Ein wenig.
Wenn du nachts mit dem Fahrrad an lauter schön beleuchteten Leuten vorbeifährst, deren Stimmen wie leichte Gebilde über ihren Köpfen in der Sommerluft schweben?
Na ja – ja.
Ist dir jetzt langweiliger als früher?
Nein.
Aber gar nichts Spontanes, Durchschüttelndes mehr?
Kaum.
Nur noch mit Kunst?
Ja.
Und alles, was früher war, das uferlose, zeitbefreite Sitzen auf Steinplätzen, Bordsteinen, Dächern und Barhockern, bis es hell wird und weiter, die Jukeboxen, Boxkämpfe auf Tanzflächen, das Abstruse, Fragmentierte, Perlende, zum Beispiel Fahren in Einkaufswagen über Parkplätze nachts, Einbrechen in Schwimmbäder, Schwimmen überhaupt im Schwarzwasser nachts, auf Tischen tanzen, unter Brücken, die Zeiten des Stürzens und Abstürzens, Zeiten der Kussketten und Schnäpse, überhaupt das Schimmern von Gläsern aller Arten bei Nacht, das ist jetzt alles in der Kunst?
Siehst du ja.

Ist dann nicht das, was du einstmals magst, eigentlich das Sediment dieser Zeiten und deine Liste oben Substitut dafür?
Mag sein, aber damals war ich auch immerzu unglücklich verliebt.
Die ganze Zeit über?
Ja.
Das tut mir leid.
Danke.
Und jetzt bist du vorwiegend da an deinem Privatstrand?
Wenn ich nicht gerade im unerbittlichen Businessmaschinchen durchs Land fahren muss, ja.
Wieso musst du das?
Ist halt so, im Holozän.
Dass man alle die Worte aufschreibt, in dieser ganzen Sprache, und wenn das endlich geschafft und vollbracht ist, muss man über die Worte in anderen Worten alles nochmal sagen?
Das haben die sich so ausgedacht, ja.
Aber Thomas Bernhard hat das nicht gemusst.
Das war vor den Events.
Warum gibt es jetzt so viele Events?
Ich schätze, in erster Linie, weil es Leute gibt, die Events machen müssen, weil sie davon ihren Lebensunterhalt bestreiten, und die brauchen halt welche, die mit ihnen Events machen, damit es Events gibt und alle davon essen können.
Verstehe. Nur die Eventmacher?
Nein, auch die Zugführer, die die Leute, die bei den Events der Eventmacher mitmachen, zu den Events transportieren, die Leute, die die Events moderieren, die Leute, die die Leute, die mit den Events zu tun haben, nach den Events bewirten, die, die ihnen kleine Schokoladen auf die Hotel-

kissen legen und die Betten nach den Events so herrichten, als wäre niemand da gewesen und es hätte kein Event gegeben, diejenigen, die in den Eventhäusern das Licht und die Mikrophone einstellen und nach den Events alles wieder aufräumen und rückbauen, um alles für das nächste Event herzurichten, die, die für die Events das Grafikdesign machen, die, die vor den Events lauter E-Mails wegen der Events verfassen, und so weiter.
So viele.
Ja. Manche von uns gehen danach ins Hotelzimmer, weinen.
Ist das eine Art erwachsenes Partialsubstitut fürs unglücklich Verliebtsein?
Vielleicht.
Wieso liest man dann nicht einfach still vor sich hin und alle bleiben zuhause?
Wegen Konkurrenz und Akkumulation. Und wegen Netflix.
Aber es sind doch einfach aufgeschriebene Worte.
Die können aber nichts ausrichten, allein, bildet man sich ein, im Holozän.
Spannt es deshalb über den Wangen?
Manchmal.
Und das Feste um deine Brust, das Schildartige, Harte?
Ja. Ein Freund hat mir mal gesagt, als ich ihm von der Erschöpfung mit dem zweiten Buch und meinem sozusagen glücksbedingten Unglück damit erzählte, da würde ich jetzt wohl erwachsen.
Dabei bist du nur weiter und viel mehr verflochten.
Wie ein Korb.
Mit dem Schreiben?
Da fängt es wohl an, ja.
Dann musst du das schützen.

Ich weiß. Aber hält das? Wie lange?
Da wusste er ehrlicherweise keine Antwort.
Ich schätze, es hilft, wenn du fiedernervig bleibst, sagte er dann.
Mmja, danke.
Aber ich sage dir, das Unglück des Businessmaschinchens ist ein vorüberziehendes, vielleicht musstest du auch da erst hineinwachsen, wie zuvor ins Unglück vom unglücklich Verliebtsein, um dich jetzt besser davor zu schützen. Jedenfalls wird es sich ändern, es wird verfließen, möglicherweise wird es wiederkommen, in leicht veränderter Form, immer wird es mit gelben Plastikpaddeln aufs Wasser schlagen und dabei laut kreischen, dann wird es wegreißen, weiterströmen und weg sein. Geh nicht mit dem Faltboot hinterher um jeden Preis. Das andere, Wichtigere bleibt am Ufer und wartet, im besten Fall.
Hätte der Freund mal sowas gesagt.
Freunde sind dumm manchmal, auch dafür mag man sie.
Er schob den Lolli in den anderen Winkel seines Schnäuzchens.
Warst du in den auch mal verliebt?
Ja.
Und was ist das mit Matthes?
Jule sagt, ein Leuchtturm.
Ein Auffangbecken?
Ja, ein Märchen.

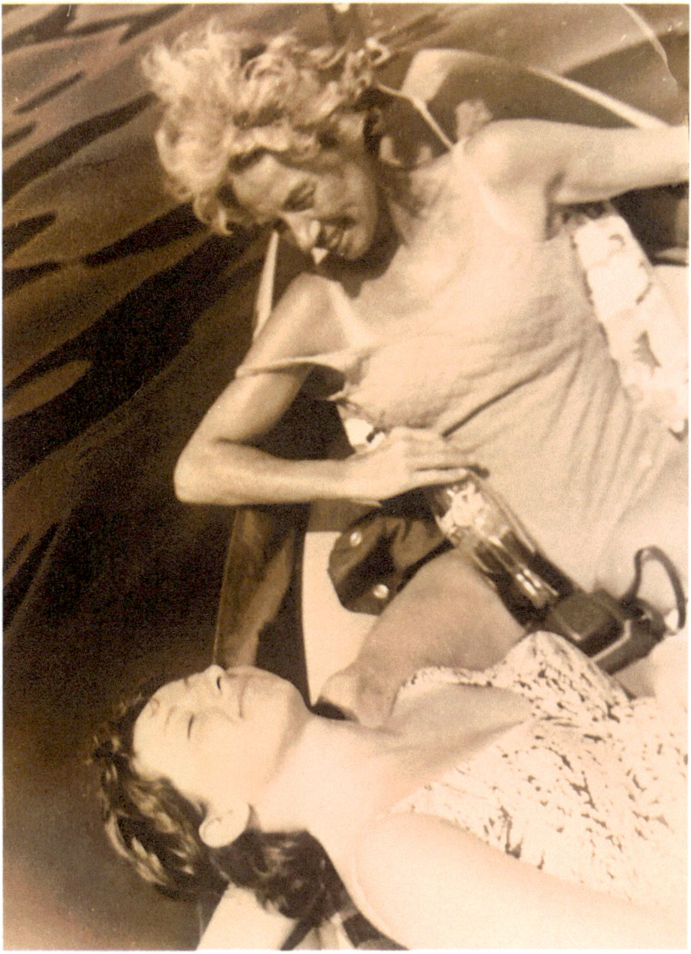

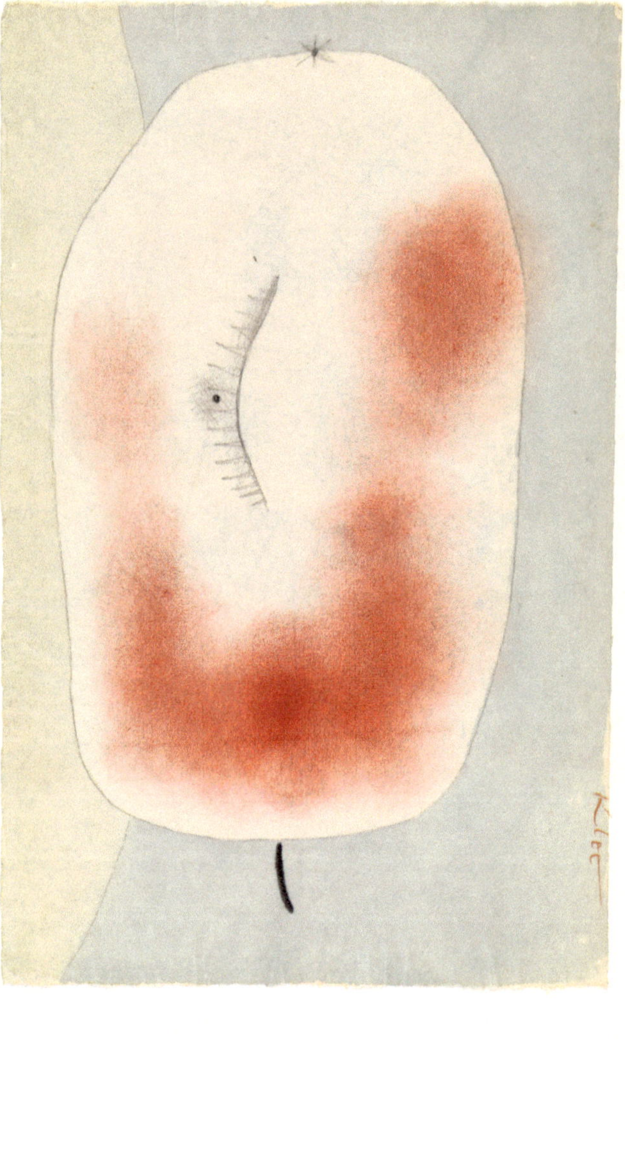
Klee

OHH.

Lepus

Mittlerweile hatten wir Fliegen gelernt, einen Strichflieger gekapert und uns damit in die Luft verzogen. Die Oma war tot und die Oma war tot und der Opa, und der Opa nebenan auch tot, was sollte man machen. Verwabert, uralt und unklar atmosphärisch wie zwei Träume schraubten wir in ausladenden Kreisbahnen übers Gewölbe. Ich weiß nicht, vielleicht suchte ich dort auch ein wenig nach ihren Seelen.

Als Perpetuum mobile mit zwei Gliedern fielen wir unter eine Kategorie *ausgedachter, nicht existierender Geräte, die, einmal in Gang gesetzt, ohne weitere Energiezufuhr ewig in Bewegung bleiben und dabei je nach zugrunde gelegter Definition möglicherweise auch noch Arbeit verrichten sollen*. Gemeinsam mit anderen Perpetuum mobiles war uns, dass wir mindestens einem thermodynamischen Hauptsatz widersprachen und deshalb nicht realisierbar waren. Was uns nicht davon abhielt, von der Erde aus deutlich sichtbare Kondensstreifen zu hinterlassen.

Meine Oma!, rief ich dem Hasen im Cockpit zu, die schlohweiße!, hat mir beigebracht, Strichflieger sind auch dafür da, verstorbene Menschen als Kondensstreifen in den Himmel zu entlassen, wenn auf den Friedhöfen unten kein Platz mehr ist. Mir hat das immer eingeleuchtet! Es sind ja auch so viele!, schrie ich. Ich meine Leute! Und sie werden immer größer!
Verstehe!, rief der Hase vollkonzentriert auf eine Reihe mir nicht ganz nachvollziehbarer Lenkmanöver.
Sie hat mir auch beigebracht, schrie ich weiter, wenn dicker Nebel überm Wald steht, kochen die Hasen!
Die Vasen?, rief der Hase.
Nein!, rief ich, die Hasen!

Schlaue Frau!, brüllte der Hase.
Ja!, rief ich, sehr!

Unmittelbar vor Abflug hatten wir uns kurz und heftig in der Savanne verfranzt und dort ungezählte Momente lang gebannt, gaffend und baff, wie verglast, vor einer scheinbar unendlich hohen, wunderschönen Giraffe gestanden. Die ab und an blinzelte, mit ihren großen, von dichten Wimpern besetzten tiefbraunen Augen. Wozwischen sie lange, langsame, so elegante Bewegungen (Regungen) machte, dass uns allemal beinahe das Herz stoppte, dem Hasen und mir. Alles an ihr erzeugte einen hauchzarten Windhauch. Mich erinnerte sie an Isi, den gemorsten Igel, der wie die komprimierte Version dieser Giraffe, viel kürzer und kleiner, aber genauso fließend wechselnd gelb, braun, hell, dunkel und von derselben Fürsich- und Vollkommenheit vor meinem inneren Auge erschien, dass ich traurig wurde.
Wir hätten uns um Isi besser –, sagte ich, aber
Pscht!, machte der Hase und glotzte (liebte, sumpfte) weiter.
Ein Versenkungstalent.

Ich war neidisch, zeterte und zerrte in mir doch lange schon ständig irgendetwas in konträrer Zeit und Richtung weg und weiter, und meistens abwärts. Ich flennte. Noch im Cockpit weit jenseits der Savanne saß ich und flennte um mein eigenes, abhanden gekommenes Gegenwärtig- und Anwesendsein. Die sich dabei entladenden Sturzbäche, Komplettkrämpfe waren mir physiologisch die einzig übriggebliebene Reaktion auf den Gesamtzustand von mir und allem, der Strichflieger schlingerte. Seine Kondensstreifen mussten von erdwärts aus betrachtet ein halb manisches, halb panisches, gänzlich kryptisches Symbolgewitter ans Gewölbe fabrizieren, eine Kritzelei sondergleichen.

Der Hase hangelte sich rittlings über seinen Sitz zur Bordtoilette.

Den Joystick (Steuerknüppel) des Fliegers täuschend fest in der Hand, sah ich innerlich klar und deutlich, wie die zusammengesuchten Bettlaken (Überwürfe) und ihr Luftzug erwartungsgemäß nur dürftig und übergangsweise halfen, wie alle selbst gebauten, verschieden motorisierten Gefährte und Gefährten auch. Was ich mir kürzlich noch großspurig gewünscht hatte, dass einem *Oben und Unten mal gründlich vergehen*, konnte ich doch längst selbst nur noch kreuzweise verfluchen. Dieser ständige Überholmodus! Brauchte es nicht vielmehr endlich Stille? Zum Beispiel *leise* Bücher und Sortierung? Doch, ja, doch!
Es ging aber nicht!

Ich ahnte schon, ich war zu tief in die mir selbst gesuchten Formen und Strukturen geraten, ein Irrgarten (Parcours meiner fixen Ideen), dabei spürte ich ehrlicherweise kaum eine Differenz mehr zwischen Aufruhr und Ruhe. Ich hatte mir das Kernprinzip von Beweglichkeit, die Möglichkeit eines Fort- und Vorankommens, immer zwischen diesen Polen vorgestellt und errechnet, mich jetzt aber wohl mehrfach vertan und verraten. Die Scharniere und Hauptschrauben, aus denen sich nach meinem beschränkten Dafürhalten mein eigener, einfacher Bauplan zusammensetzte, also Fokus und Sog, Freiflug und Erdung, Sediment und Entgrenzung, waren so ineinander verkeilt, ich meine die Bodenhaftung, das Bodenhafte und das frei Fluktuierende, Periphere, das Profunde und Profane, das Fabelhafte und das Banale, das zufällig Vorbeisegelnde, Streifende und das tief eingesessene Tiefe – alles war scheinbar so sehr eins und einerlei, dass mir die Registratur insgesamt versagte und ich meistens auf der Stelle umfallen und schlafen wollte. Was selbstverständlich selten ging oder sich schickte, bei allem einstmals auch von mir selbst so zuversichtlich schwungvoll angestoßenen Achsofort.

Auch hier im Cockpit war an Aufgeben nicht zu denken, so viel wusste ich noch. Und war aber obenrum so grundlegend durcheinander, dass ich den Unterschied zwischen einer Giraffe und einem Igel offenbar kaum mehr kannte. Ich rauchte. Es qualmte. Plötzlich checkte ich, jetzt war auch noch der Hase neben mir weg.

Da kamen, als wären sie vorbereitet gewesen, erneut die Fragen wie über eine einzelne dünne, scharf glühende Glasfaser durch einen Sternnebel auf mich zugeschossen: Wie war ich jetzt wieder Larve geworden? Ich hatte mich doch zwischenzeitlich aufgerappelt gehabt. Weshalb holte mich das Grabende, Larvale immer wieder ein? Und wie in aller Himmel Namen war ich derart alt geworden, einhundertdrei, in achtunddreißig Jahren? Wem erzählte ich das? Allen Menschen? Meinem winzigen Neffen? Der Mitte zwischen meinen Geschwistern? Den Bildern und Gesichtern an meinen Wänden? Dem in mir kauernden, steinalten Kauz? Oder den Wolkentürmen (Hydrometeoren) im Himmel? Himmel – sprach ich mit kondensierten Aerosolen?

Nein!, hörte ich den Hasen kosmisch donnern, noch ohne das Tier genau orten zu können. Aber du hörst mir jetzt zu! Kurz darauf sah ich ihn umständlich auf einen Stern steigen.

Gerade so oben angekommen, stellte er sich hin. Er reckte sich. Er rief, fast wirsch:

Ich bin niedlich und windig, deshalb verzeihst du mir! Ich bringe einen stillen Enthusiasmus in alle Dinge, in die ich involviert bin! Ich bin kühn und mystisch, konkret und von Plüsch. Du liebst mich! Ich bin dein zappliges Vehikel, ein Zugtier, Spiegel, und meine Haken tun dir gut. Ich bin der klabauterartige Dirigent deiner Unbrauchbarkeiten und Leidenschaften, auch das taugt dir. Auf wundersame Weise weiß ich alles und von allem, deshalb bin ich dir gleichzeitig aufregend und dröge. Oder nervtötend, und doch wie eine Wiege, in der ich dich wiege. Das Ausformulieren von Gedanken und anderen Heimlichkeiten ist reine Formsache zwischen uns, das macht es so angenehm aufgehoben wie sinnlos. Ich bin dir lästig, denn ich stehe für den Antrieb. Im Zentrum stehe ich und stampfe, auf der Stelle, dann auf *der* Stelle, dann auf einer anderen. Kehrseite stehe ich für endlos ausgedehntes Mümmeln, also wunschlos glückliches Lungern und allemal überall halbschattiges Schlummern. Ich habe die Durchsetzungs- und Schubkraft eines dicken Panzers und die Zartheit von Barthaaren im Gegenlicht abends.
So?, rief er.
Ich schwieg.

Ich bin von der absichtslosen Schönheit eines Blütenkelchs, prahlte er vollsouverän unbeirrt weiter, und zugleich das absoluteste Tobetier, das dir je begegnet ist. Ich habe die Rumpelpotenz eines magisch angetriebenen Traktors und die Genügsamkeit einer ungestört grasenden Schafherde. Du kriegst mich nicht klar, deshalb bin ich noch da. Ich habe das Fahrige, Nervöse eines Zitteraals und definitiv ein

Großpotenzial zum Schreck, aber Instinkt und Fell habe ich auch. Dadurch bleibt mit mir alles um Barthaaresbreite über dem abgrundtief klaffenden Angstspalt. Ich bin deine Absturzversicherung. Und dein tolldreistes Balg. Ich bin so rastlos wie versunken, und so klug, wie ich dumm bin. Mit mir musst du dich nicht entscheiden. Das ist die Anstrengung, und das ist die Entlastung. Ich bin deine Fiktionalisierungsoption, ein Illusionsgarant, eine Ablenkungsturbine, deine Simsalabimdoktrin. Hell yeah, ich bin Jesus. Ein Heilandshase. Wir sind die Sultane von Swing, und jetzt komm mit mir in den hintersten Winkel der naheliegendsten Galaxie. Mit mir wird es gehen!

Zum Abschluss lüftete der Hase seine Fliegerkappe und machte, auf beeindruckend durchgestreckten Läufern auf der äußersten Spitze des Sterns stehend und leicht vornübergebeugt, eine gezirkelte Bewegung, um im Ausgang aus der Drehung die Kappe wieder aufzusetzen. Er schien mir wie ein Mischwesen aus Kind und Künstler und erinnerte mich an jemanden, der lange Jahre beim Zirkus gewesen war. Dann machte er sich an den Abstieg vom Stern.

Ich hatte den Strichflieger für die Dauer der Haseneinlage mit Ach und Krach in vibrierender Standposition auf Augenhöhe vor dem performenden Motivationskarnickel gehalten. Jetzt ließ ich lockerer und dachte nach.

Kam aber nicht dazu, denn da fiel der Hase bemerkenswert zielsicher durch das Loch im Cockpitdach und plumpste neben mir auf den Co-Piloten-Platz.
So, sagte er.
Ich war beeindruckt.

Während er sich ungeschickt anschnallte, raspelte er selbstverständlich weiter:

Wenn du mich fragst, sagte er ungefragt, ich habe da im Abseilen gerade an einem Sternzack gehangen, mit meiner für den Moment ganz unpassenden, viel zu runden Pfote, und von dort ins All gesehen, ich habe Sternörter gesehen und relative Örter und absolute Örter von Sternen, und Fundamentalsterne habe ich gesehen, und während ich da herum- und umhergebaumelt bin, wusste ich, ich frage dich jetzt, denn jemand muss dich das mal fragen, um dich aus deinem Misery-Sitz (Schachtkammer, Weinerlichkeitskleinkreis auf der Welt) zu kriegen: Was sind deine Fundamentalsterne? Wer im Himmel sind deine Versenkungsidole? Hier ist der Himmel. Wen siehst du da?

Ich nahm mir ein armlanges Fernrohr von der Deckenablage über dem Steuerboard des Strichfliegers und stierte damit ins knalldunkle All, ja, sagte ich nach einer Weile, Glenn Gould. Wie windschief kehlig, selig und versunken der singt auf diesen Aufnahmen. Ich weiß, das Singen war kaum abzulegen, ein Spleen, ihm so zugehörig wie selbst wohl manchmal lästig, aber die Stimme liegt so entrückt und gleichzeitig präsent wie auf einer extra codierten Spur auf den Tonträgern und bei Konzerten im Raum, als würde sie dabei immer auch singen oder sagen, das in der Musik, im Bach Drinsein steht über allem. Auch wenn ihr 500 seid in diesem Saal, sagt die Stimme so wind- und seelenschief singend, und euch alle in Schale geworfen habt, ihr tut hier letztlich nichts zur Sache, ich bin woanders, stört mich nicht. Wie dieses Singen oder Brummen seine Distanz zur Welt markiert. Dass er Konzerte später konsequenterweise ganz bleiben lässt. Seine Einsamkeit. Seine Hingabe.

Seine Arroganz. Wie er aus diesem Kokon heraus sein eigenes Todesjahr vorhergesagt hat. Wie dieses Todesjahr kurz nach seinem fünfzigsten Geburtstag genau so eingetreten ist. Dass seine Stimme noch in der riesigen Steinhalle der St. Paul's Anglican Church in Toronto zu hören war, als die *Aria da Capo* aus den *Goldberg-Variationen* bei seiner Beerdigung gespielt wurde, wie seine Stimme da die Steinwände emporgeklettert und hoch- und hinuntergegangen ist wie Tautropfen oder die Saugnäpfe eines uralten, gut vorbereiteten Kraken und die Leute auf den Kirchenbänken unten reihenweise anfingen zu weinen. Dass auf der Voyager Golden Record, einer schallplattengroßen, mit Gold überzogenen Kupferscheibe seit 1977 und mit einem geschätzten Haltbarkeitsdatum von 500 Millionen Jahren ein von Gould eingespieltes Bach-Präludium mit Fuge auf einem Speichermedium durch den Kosmos fliegt, Zeugnis der Menschheit gegenüber außerirdischem Leben, *a token of our sounds, our science, our images, our music, our thoughts and our feelings*, neben Aufnahmen von Vulkanen, Erdbeben, Wind und Donner, Tierlauten, dem ersten Schrei eines Neugeborenen, Grußbotschaften in 55 verschiedenen Sprachen und dem Geräusch eines zwischenmenschlichen Kusses.

Ein paar Sterne weiter Agnes Martin mit ihrer anderen, ganz eigenen Einsamkeit, ihre Abgewandtheit, wie sie mit dem Rücken zur Welt malt, jahrzehntelang, im Overall in der Wüste New Mexicos Linien zieht, zurücktritt, schaut, eine nächste Linie zieht, wieder zurücktritt, noch länger schaut, wie sie sitzt, atmet und schaut, alles ausschaltet, wegblendet, was außerhalb dieses Raumes zwischen ihrem Klappstuhl und der gerade aktuellen Leinwand liegt, wie sie stundenlang, tagelang, eigentlich die letzten Jahrzehnte ihres Lebens auf genau dieser Linie zwischen dem

Klappstuhl und ihren Leinwänden hin und her schlurft und die Welt während dieser schwerfällig atmenden, zeitlosen Stunden so weit kondensiert, abtastet, aufnimmt und egal sein lässt, dass nichts als pastellfarbene Gitter bleiben, zwischen denen alles Wesentliche aufgehoben ist, Strich für Strich für Strich, bis in ihr selbst nur noch das Wesentliche aufgehoben war, so stelle ich mir das vor, und sie das in nichts investiert hat als ins Malen. Ein Wüstenwesen, Seelenkäfer.

Auf den mit keinem Fernrohr zu ortenden kosmischen Bahnen zwischen diesen Fixpunkten Lionel Messi, wenn er dribbelt. Die komplett fokussierte Brachialenergie, die ausbricht, sobald der Ball an seinem Fuß liegt, wie das Universum in solchen Momenten einen windhosenartigen Zoom macht, der stärker ist als alle Kameras, die im Versuch, das festzuhalten, hinter ihm herfahren.

Als entferntes Echo dahinter vielleicht auch das scheinbar unendliche, scheinbar durch nichts aus dem Takt zu bringende *Plock – Plock – Plock – Plock* der Tennisbälle auf den roten Aschecourts bei den Grand Slams, das in den 90er Jahren über den Tischlautsprecher neben meinem Opa aus dem Fernseher kam, und, wenn ich genau hinhöre, immer noch kommt. (Verbunden mit diesem TV-Gerät, aber mehr in der Peripherie der mir von hier aus sichtbaren Himmelskörper, Michael Stich, in den ich zaghaft verliebt war. Jürgen Klinsmann, in den ich schon stärker verliebt war. Huckleberry Finn, in den ich als Allererstes verliebt war, besonders heftig in der Verfilmung von 1968, die ich auch da im Wohnzimmer bei den Großeltern gesehen habe, alles im Alter von etwa sechs bis acht Jahren.) Vor allem aber, wie derselbe Opa Salatsamen setzte, mit Lineal und Pinzette, in regelmäßigen Reihen an zwischen kleinen Hölzern gespannten Bindfäden in Styroporkästen, im Schatten des riesigen Nussbaums vor dem Haus. Und in Ableitung daraus die absolut unerschütterliche Konstanz der Routine, mit der er täglich gegen 12 Uhr die Salatsoße fürs Mittagessen zubereitete, immer nur und genau diese Salatsoße, während meine Großmutter um ihn herum in zahllosen, variablen Schüsseln, Töpfen und Pfannen den Rest besorgte. Sein Abzählen der Samen in die parallelen Mulden im Torf, wie das Abzählen der Löffel Salz, Essig, Öl in die Salatschüssel, *eins, zwei, ein halb*, und *eins, zwei, drei, vier, fünf, eins, zwei, drei, vier, jawoll, jetzt stimmt alles, des isch jetzt fertig*. (Von diesen Momenten und Abläufen bezog ich Fürsorge, Sorgsamkeit und eine ordentliche Portion Pedanterie.)

Auf einem winzigen, stark glühenden, stetig wandernden Planeten in den Voids zwischen mehreren Galaxiehaufen Jean-Michel Basquiat. Vielleicht hat das Leben nach diesen 27 Jahren selbst gesagt, ich kann nicht mehr, ich implodiere sonst, du musst jetzt gehen.

Auf dem dicken Fundamentalstern, der mir jetzt vor die Linse kam, Prince und die Kadenz von *Purple Rain*, Live in Syracuse, 1985. Nicht die aufsteigende Sequenz im Refrain, ich meine die absteigende Kadenz in den Instrumentalparts, wie sie sich in das räumlich nicht auszumachende, tiefblau ausufernde Stadion legt, *uuh-uuh-u-hu-uuh*, ihr Anschwellen im Absinken, ihr von oben nach unten Gleitendes, von oben nach unten Fliehendes, in genau abgestuften, zielsicher angesteuerten Levels, viereinhalb Plateaus. Kontrolliertes Fallen. Die Traurigkeit, das Aufgehobenwerden, Liegen auf diesen viereinhalb Tönen wie auf einem horizontalen Segel. Die Zeiten des Stürzens und die Zeiten des Fangens. Wie diese irre schöne Frau an der Rhythmusgitarre das über die ersten drei Minuten quasi alleine schmeißt, die in die Luft gestreckten, an den Händen ineinander greifenden Arme vor ihr im Stadion, Wendy Melvoin, 21, lese ich irgendwann nach, ihr komplett über den linken Scheitel gekämmtes tiefschwarzes Haar, wie das da schon ein Bad ist, dann bei 3:14 *der* Gitarreneinsatz, wie man ihn erst kurz darauf zum ersten Mal sieht, bei lässigen 6:18 Stimmeinsatz, *I never meant to cause you any sorrow,* sein sofort, wie nahtlos angeschlossenes *thank you,* wie ich immer wieder zu diesen 16:37 Minuten zurück will wie in ein Meer. Wie baut man ein Meer. Wie erzeugt man eine Woge, Ekstase, *one more time, everybody!,* Fetisch der E-Gitarre, den ich sonst so sehr verachte, wie abgrundtief himmelhoch er sie beherrscht und jaulen, kratzen, schreien, knarzen lässt, im fliegenden Wechsel gegen eine andere tauscht und über das Instrument die Menge von Fünfzigtausend im Stadion lenkt, eine Kathedrale, fast beängstigende Lektion in Überwältigung, Verführung, thematisiert er das? *I know times are changin' – it's time we reach out for something new, that means y'all too – you say you want a leader, but you can't seem to make up your mind, so you better close it, maybe you better close it!, let the lord guide you, let it guide you to the purple rain, everybody!,* spricht er da über die Gefahr der eigenen Effekte, Affizierung der Massen, über Faschismus? Führt er das vor, *you know what they sayin' about raise your hand,* und von der Reflexion zurück in die Ekstase – *it's gonna be alright!, if you say it's gonna be alright, if you say it's gonna be alright,* diese kaum 1,60 Meter große Person weit vorne am Rand und Ausgangspunkt eines selbst erzeugten Ozeans, *come on!, one more time!, everybody in the world say it!,* seine saxophongleich gleitende Stimme, alle Glissandi, das überschwemmende Licht – und ich will dieses kobaltblau glitzernde Cape haben, ich würde so gerne dieses Cape ersteigern, oder Ultramarin, Indigo, der königsblau schillernde, seit sieben Jahren tote Prince.

(Weil das Cape im Internet erstaunlicherweise nicht mal auf Bildern zu finden und ein sowieso nicht erschwinglicher, meinerseitiger Spleen ist, kaufe ich mir Ende Januar ein überteuertes Shirt mit ziemlich miesem Print, Print, Prince, dem vor circa 40 Jahren abgelichteten, seit sieben Jahren toten Prince, in dem ich seither sitze und schreibe, quasi wohne, während des Schreibens, es braucht ja eine Kluft, an die man glaubt.)

Ich zog das Fernrohr von meinem Auge ab wie einen Saugnapf oder Stöpsel, es ploppte. Ich drehte den Kopf und stierte Richtung Hase (Erwartung). Erst blieb er still.
Mhm, sagte er dann, interessante Himmelskörperkarte. Du hast jedenfalls ein paar Sterne im Ärmel da, das finde ich beruhigend.
Schon, sagte ich, aber die sind ja auch nicht immer verfügbar, und ich mag die auch nicht ständig in Anspruch nehmen, aufsuchen und benutzen, wie ein Postamt, ein Spa, eine Glaskugel oder andere Servicebuden. Am Ende muss man's eh alleine machen.
Stimmt, sagte er.
Aber sag mal, sagte er dann, hast du auch Alpha Leporis gesehen?
Nein, sagte ich, wer ist das?
Ein eigentlich nicht zu übersehender heißer Überriese im Sternbild des Hasen, 13 Millionen Jahre alt, 13 000-mal mehr Leuchtkraft als die Sonne, knapp 130-mal größer im Durchmesser. Die effektive Temperatur seiner äußeren Hülle beträgt etwa 6850 Grad Kelvin, das lässt ihn gelb-

weiß strahlen. Das Spektrum von Alpha Leporis ist einer der festen Vergleichswerte für die Klassifikation anderer Sterne. Im Arabischen ist sein Name Arneb, von *al-arnab*, der Hase. Arneb ist ein Maßstab, eine Himmelsikone, gewissermaßen.
Aha, sagte ich.
Angeber, dachte ich.
Dabei stirbt der Stern, ergänzte der Hase, seit mehreren Äonen. Beobachtungen zufolge könnte er bereits auf dem Weg zu einem Roten Überriesen sein. Einige Astronomen glauben stattdessen, dass er die Phase eines Überriesen möglicherweise bereits durchlaufen hat und sich jetzt in der letzten Phase der Sternevolution befindet, in der er sich aufheizt und immer weiter schrumpft, unter Umständen aber auch noch weiter ausdehnt. Ein unvorhersehbar pulsierendes, innerlich stark bewegtes, wildes Gebilde. Mit einer Geburtsmasse, die mehr als zehnmal so groß ist wie die der Sonne, wird der Stern, sagen manche Berechnungen, wahrscheinlich als winziger, dichter Weißer Zwerg von der Größe der Erde sterben und zu diesem Zeitpunkt ausschließlich aus Neon und Sauerstoff bestehen. Ich hänge allerdings eindeutig einer anderen Theorie an, bei der ausgehend von der enormen Masse von Alpha Leporis erwartet wird, dass er sein Leben in einer spektakulären Explosion, einer Supernova, beendet. Das kann allerdings noch etwa eine Million Jahre dauern.

Wir flogen weiter.

Einige Kleingalaxien später trafen wir, wobei ich im Nachhinein nicht sagen kann, war es eine durch multiple Lichtbrechungen physikalisch induzierte Erscheinung, eine optische Täuschung oder eine von meinem Hirn und seinen Windungen selbstständig da hinimaginierte Szene, in einem weiteren Sternnebel auf die Zeitleiste, auf der noch immer, offenbar ununterbrochen, ohne Unterlass mein Opa tanzte, Hände auf Ohrenhöhe, Pullunder, Hornbrille, Schiebermütze. Mein beigefarbener, BRD-farbener Opa. Die Tuba der dazugehörigen Oma schien, wie die ganze Oma selbst, mittlerweile noch kleiner geworden zu sein, die Oma eine bis ins Detail ausgestattete, aber winzige Miniballerina vom Anfang des letzten Jahrhunderts. Der Opa dafür groß wie ein sehr hohes Rad. Und so waren sie ja auch gewesen, ein Hochrad, vorne riesig, hinten mickrig, ein hinterherzuckelnder, hinten dranhängender Anhang, der aber für Stabilität und Lenkung sorgte. Diese abstrusen, fast grotesken Größenverhältnisse. Dass sowas fahren kann. Aber es fuhr. Und vorneweg fuhr der immer singende, beigefarbene Erich.

Ständig fuhr er mit uns *um den Pudding* (anhand dessen ich, glaube ich, zum ersten Mal, und sehr langsam, verstand, was eine Redewendung ist), mehrmals am Tag fuhr er, wenn es sein musste, für ein einziges Ei, zum Einkaufen, an seiner Hand war Spazieren immer eine Polonaise, Schrittfolge, ein Tanz, und immer singend, immer *links, links, hinterm Hauptmann stinkt's, hinterm Hauptmann riecht's nicht gut, der pupst in sein' Tiroler Hut,* sobald man oben auf seinen Schultern saß, fiel er in den Trab und wurde zu dem Pferd, das er vielleicht immer sein wollte, und die Zentralgeschichte dieses Opas war die vom dicken, fetten Pfannekuchen, immer ging es mit ihm *kantapper, kantapper, in den Wald hinein.*

Die Knete, die er das eine Mal damals mit uns erwärmt hat, ist einfach legendär, vielleicht der größte unter allen

Großeltern-Momenten, bei aller Kleinrad-Zuneigung seiner immer hinterhertanzenden Frau gegenüber, selbst im Vergleich zu den Salatpflanzen des unendlich geliebten anderen Opas, auch zur eigentlich fraglos außer Konkurrenz stehenden Ma-seitigen Oma, weil wie der Erich da die Dreistigkeit, den Ton und die Regie besaß, mit uns diesen farblich ohnehin nicht mehr unterscheidbaren Batzen Knete auf den klapprigen, für uns bis dahin ganz nebensächlichen, randständigen Ofen im Spielzimmer zu legen, um zum exakt abgewarteten, genau beobachteten Schmelzpunkt allen Dreien zuzurufen: *So! Jetzt!*, und dann kleine Teige formen, Bälle bilden, Ballen machen, und dann: *Schmack!*, ab an die Wand, dass es klatscht und klebt – das war für uns ziemlich kleine Kleinkinder von so tollkühner, glorreicher, bahnbrechender Bescheuertheit, die in diesem Moment aus diesem sonst verhältnismäßig feinen, älteren Herrn herauskam, der unser Opa war, dass der Moment aus allen Großeltern-Momenten für immer ein Stückchen herausragt. Woran sich die kleinste von uns dreien zwangsläufig, der Beschaffenheit von Zeit wegen, nur vage erinnern kann, aber dass sie dabei war, wissen wir. Von dieser Begebenheit bezogen mindestens mein Bruder und ich eine Großportion Schmackes und Punk, einen flexiblen Begriff von Liebenswürdigkeit, eine bleibende Neigung zu Abwegigkeit und Eigensinn und auf ziemlich schräge Art das Gefühl, sicher zu wissen, was im letzten Moment auf der Erde zu tun wäre, nämlich mit genau diesem Bruder und exakt dieser Schwester (am besten für immer auch mit dem Opa, denn der war der Bezugspunkt, Urheber, die Generation dieses Gefühls) die vom Opa genau vorgewärmte Knete mit aller Kraft in den kleinen Armen an die Wand zu pfeffern, ich glaube, in dem Punkt sind wir uns einig, mein Bruder und ich, von diesem Moment bezogen wir für einen Moment das Gefühl, wir wären die letzten Leute auf der Erde, und das ist, in dieser Knetenspezifik, eines der besten Gefühle, die wir haben.

Der Erich Anton war der Entertainer, wenn der reinkam, ging das Licht an, wenn der reinkam, kam der Charme, der Schalk, der Showmaster oder der *Flachs* und der *Kappes*, wie der Opa wohl selber gesagt hätte. Sowieso, wie ich diesen Opa als Quatschkopp im Wortsinn bei mir habe, obwohl die dickere Schicht Prägung und Zuhause doch eigentlich im Dialekt der anderen, quasi gegenüberliegenden Familienseite liegt. Vielleicht, weil das Schwäbische die Wanne, der Waschzuber, das Warmwasser war, in dem wir eh immer gebadet haben, schon nur durch die immer anwesende Sprache der Ma, weil die Familie auf der schwäbischen Seite so vielköpfig und oft um uns herum war, die andere schon räumlich viel entfernter, vergleichsweise abstrakt, für uns eigentlich nur aus diesen zwei Großelternpersonen bestehend, und dadurch besonders herausgehoben – vielleicht ist mir die Sprache der beiden, vom immerzu plappernden, sprudelnden Erich zumal, deshalb so auffällig gewesen und hängengeblieben. Oder weil die beiden, eben weil sie so oft umgezogen sind, ihre Wörter, Sprüche und Redewendungen von zuhause bewusster, also griffiger, greifbarer mit sich herumgetragen, vor sich hergetragen und verwendet haben. Da war jedenfalls immer ein helles Aufmerken, wenn ausgehend von den beiden oder meinem Vater, der im Übrigen fließend zwischen vielen Dialekten wechseln kann, als ein von immer Umziehenden (und einem Entertainer) erzogener Sprech- und Imitationskünstler, wenn also ausgehend von diesen dreien eine rheinische, plattdeutsche oder norddeutsche Vokabel oder Wendung auftauchte – und die wurde dann aufgenommen wie ein Spielball und in federnden Bögen von einem zum anderen weitergespielt, und so sind diese Vokabeln und Wendungen auf ganz andere Art als das Schwäbische, aber ähnlich deutlich und haltbar bei uns und mit diesen Großeltern verbunden geblieben. Von da waren wir die *Lütten*, die *Blagen* und die *Bälger*, und die auf die Wohnungstür zu rennende Freude, wenn der Opa durch den schlauchartigen Außenflur im Neubau gerufen hat, *Die Blagen sind da!*, oder *Margot, die Lütten kommen!*, oder *Da sind ja die Bälger wieder! (Kindsköppe* demgegenüber, verstand ich erst später, konnten im Prinzip alle sein, unabhängig von Körperlänge und Lebensalter), von da kam der *Stuss* und der *Dusel*, der *Dussel* und die *Buchse*, und von da ging man zum *Deubel, Dunnerlittchen noch eins.*

Allein, mit welcher Inbrunst dieser gut gekleidete, stattliche Herr mit den immer gepflegten, schönen Händen ständig *Schweinkram!* rief, und mit dem größten Vergnügen, *Schweinkram!*, oder in Variation dazu *Bah, pfui Deibel*, wie er ständig *schwofte*, wenn nur genug Platz dafür war, häufig mit einem von uns auf den Füßen oder wie in einem Ausguck hoch oben im Arm, welchen Quatsch er allabendlich mit seinem Gebiss veranstaltete – wenn er baff war, hieß das *Jessas, Maria und Josef*, mit platzender Betonung auf dem *Jes-*, und wenn er sich beide Hände an die Wangen schlug, sie nach unten zog und wie Heidi Kabel vom Ohnsorg-Theater rief, *Ja ist denn das die Mööchlichkeit!*, dann neben seiner eigenen kindlichen Überraschung oder Freude offensichtlich immer dazu, dass alle anderen lachten.

Auf der Kehrseite dieses Opas, mit welcher Gewalt er meinen einzigen, exakten Bruder zurechtgewiesen hat, damals, im hinteren rechten Eck im Wohnzimmer, wie er da laut geworden ist. Ein donnernder Turm vor dem im Sessel versinkenden etwa 15-Jährigen, der, meine ich, dabei ganz still gewesen ist, stoisch, schief lächelnd, in die Ecke gedrängt und damals schon zu dünn, und gewartet hat, bis das Gewitter vorbeigezogen war. *Schande!*, hat der Turm auf ihn heruntergerufen, *Nichtsnutz!*, und *Du trägst meinen Namen! Du bist der einzig männliche meiner Nachkommen, der diesen Namen weiterträgt, und du machst dem keine Schande, untersteh dich!*, wie nach einem Textbuch, Drehbuch, das nochmal so abgelesen und klischiert klang, weil genau dieser Opa den Ton und die Regie doch sonst ganz für sich selber fand und erfinden konnte. Wie diese Kehrseite aus ihm herausgebrochen ist wie durch eine Mauer, Schallmauer, in einem schonungslosen Schwall, und über meinen Bruder hereingebrochen ist. Aus dem ganzen charmanten Frohsinn, der tänzelnden Weichheit meines Opas heraus, dem Augenblickstalent, mit seinen Schiebermützen und leichten Pullundern, der plötzlich toxische, statusgeile Entertainer, ein BRD-Exemplar.

Ich hab mich lange gewundert, wie das das einzige Mal gewesen ist, wie sich das in den nachfolgenden Jahren über die Tänzchen, das Singen, die Gläschen Rotwein, Weißwein, den *Jux* und die *Dollerei* verdünnisiert hat und darunter vermeintlich verschwunden, verblasst ist, bis meine Ma mir irgendwann erzählte, dass sie diese Kehrseite selbst mal abbekommen hat, noch vor der Hochzeit oder vielleicht sogar danach, als alles schon *in trockenen Tüchern* – wie sie in seinen Augen, habe er da von sich gegeben, nicht gut genug sei für seinen einzigen Sohn, mit ihrer Dorfherkunft und Dörflichkeit, da könne sie noch so sehr Medizin studiert haben, das sei ja alles angeklebt, aufgesetzt, dass sein Sohn, der Oberarzt, etwas Besseres verdient gehabt hätte, und so weiter. Wie es trotzdem die Ma war, die später genau diesen Erich gepflegt hat, nach seinem Hirnschlag, neben ihrer Arbeit in der Praxis, bis er in der Wohnung im unteren Stockwerk gestorben ist. Dass die beiden dabei, meine ich, aber wirklich Freunde gewesen sind.

Wie im Hintergrund dieser Szenen der andere Opa im Unterhemd auf seiner Bank unter dem Nussbaum sitzt und Mulden in den Torf drückt, die Salatsamen hineingibt, die Pflänzchen wässert, beobachtet und aufzieht, die Behutsamkeit seiner hornigen, präzisen Hände. Vielleicht hatte sein Frieden, seine Friedlichkeit und Ruhe irgendetwas mit dem Krieg und seiner langen Gefangenschaft zu tun, aber das weiß ich nicht (eigentlich dachte ich eher, als Kind schon immer, mit seiner Frau). Wie ich über ihn ohnehin das meiste von anderen weiß, weil er über sich nicht gesprochen, sowieso selten viel geredet hat. Dass er Dorflehrer gewesen ist, das jüngste von sechs Kindern einer Bauernfamilie am Südrand der Schwäbischen Alb, und mit Hilfe der beiden ältesten Schwestern, die in Südafrika Nonnen waren, als Einziger studiert hat, bis ins hohe Alter neben seinem Tischlautsprecher im Fernsehen oder beim Zeitunglesen jeden Morgen die Entwicklungen in Politik, Kirche und Sport verfolgte, dass er sich mit seinen Skatfreunden manchmal zum Spaß auf Latein unterhalten hat und Sonntag für Sonntag zum Orgeln in die Kirche gefahren ist, bis er mit 84 nicht mehr Autofahren sollte. Und also gegenüber diesem Opa, dessen Medizintochter und ihrem längst noch nicht ausgewachsenen Sohn der hoch aufbrausende, Hochrad-hohe Erich und seine groben, haltlosen Zuordnungen, kalten Maßstäbe. Wo die herkamen und weshalb die sein mussten, in diesen zwei mir bekannten Momenten. Nach denen er wieder zum liebenswürdigen, pfiffigen Kumpel oder Show-Pferd wurde, das alle von Herzen mochten.

Manchmal stehe ich immer noch im Esszimmer hinter der Schiebeglastür zum Anbau, mit Sichtachse auf diese Ecke im Wohnzimmer, und sage nichts, und an verstreuten Punkten in Wohnzimmer, Küche, Esszimmer stehen die anderen und sagen auch nichts, und dann fängt irgendjemand langsam wieder an, sich zu bewegen, dann bewegen sich, einer nach dem anderen, auch die anderen, dann bewegt man sich fort und fort davon, eine Pirouette, Schrittfolge, Polonaise, ein Weiterlei und ach, so –

Mein beigefarbener Opa. Vor dem mein spröder, schöner Bruder. Wie ich mir vorstelle, dass mein Bruder da in dem Sessel, hemdsärmelig und versunken, während der Donner über ihn rüberging, endgültig beschlossen hat, zum Sonderling zu werden. Wie sich mit der Zeit mehrere solcher Beurteilungs- und Verurteilungsmomente vor ihm aufeinandergeschichtet haben müssen und er von diesem Stapel aus, diesen Stapel betrachtend, beschlossen hat, dass er in einen Baum gehen und dort bleiben wird. Mein Bruder, der bis heute in einem Baum lebt, der ihn verdeckt, abschottet und versteckt, den er verachtet, weil er ihn zu gut kennt, den er nicht verlassen will, weil ihm alles außerhalb davon unbekannt ist. Ein Kauern, ein Klammern, ein Schutz. Die Angst vor der Fallhöhe, im Wissen, dass ein Ausziehen, Rauskommen aus dem Baum nur noch mit der Plötzlichkeit eines Sturzes oder Sprungs zu machen wäre, und außerhalb des Baumes nichts für ihn vorbereitet und sowieso nicht wirklich etwas für ihn ist.

Mein Bruder hat sich für die Versenkung entschieden. Er hat klassische Gitarre gespielt wie ein kleiner, leuchtender Gott oder *Deubel*, das war zu der Zeit, als das noch unauffällig als reguläres Hobby durchging, man also höchstens ausschnitthaft ahnen konnte, dass das Versunkene, Insulare daran ein Grundmodus werden, daraus ein ganzes Netz aus Wurmlöchern unterhalb seines Baumes entstehen könnte, in dessen Gängen mein Bruder phasenweise abtaucht und verschwindet. Er hat, schon als die Schaufeln noch länger waren als er selbst, immerzu überall möglichst tiefe Löcher, Schächte und Tunnel ausgehoben. Dann fing er an, Nachmittage, Sommer lang Spiele zu entwickeln. Das einzige Mal, das er außerhalb des Baums während einer ihm von außen angetragenen Ausbildung in einer süddeutschen Kleinstadt gelebt hat, verbrachte er damit, in seiner Wohnung Kaiserschmarrn in allen erdenklichen Varianten herzustellen, ein Jahr lang, bis man die Sache einvernehmlich abgeblasen hat. Dann hat er Lampen aus Milchtüten gebaut. Danach die enormsten Gesichter und Fratzen in Holzklötze geschnitzt. Zwischendurch angefangen, ein Kinderbuch zu schreiben. Seither oder momentan – es sind ja alles Phasen, dichte, hellgelbe oder gelb-weiß strahlende Phasen – verbringt er Stunden um Stunden und Stunden seiner Tage mit Gipsgießen, im sicheren Wissen, dass es gerade nichts Wichtigeres gibt. Es entstehen dabei Hunderte von Vasen, bei denen langsam niemand mehr weiß, wo sie unterzubringen sind, nach und nach ertrinkt das ganze Haus auf drei Stockwerken in den Vasen meines Bruders, aber stoppen tut es niemand, wie auch, wieso auch, es ist so eingerichtet, und so geht es weiter, Vase um Vase, Phase um Phase.

Und als ich ihn gefragt habe, wie er sich an den Opa und vielleicht speziell diesen Moment im Wohnzimmer erinnert, hat er gesagt, der Opa ist mit 19 abgehauen, er ist 1926 geboren, hat sich 1945 mit einem gefälschten Pass, um zwei Lebensjahre verjüngt, aus der Gefangenschaft manövriert und ist dann auf dem Fahrrad einmal quer von Ost nach West durchs Land, der Sommer war wohl sehr heiß. Dass er die Oma am Gartenzaun in Kamp-Lintfort wiedergesehen hat. Was für Wirtschaftswunderleute die waren. Der Pfannkuchen und die Knete natürlich. Auch, dass er als Kind bei einem Gewitter mal Angst gehabt habe (wie er sie immer hatte, lange noch, dass er eigentlich der Unwetter wegen irgendwann angefangen hat – eine weitere, hellgelbe Phase –, sich für Fotografie zu interessieren, speziell für die Fotografie von Blitzen, wie er sich bei Anzug eines Gewitters bis heute mit der Fotokamera ins Auto setzt und also in einem Faraday'schen Käfig auf den höchsten Hügel der Umgebung fährt, weil er dem Geschehen dort am nächsten und gleichzeitig geschützt ist), dass der Erich sich da neben sein Bett gesetzt und ihm erklärt hat, wie Gewitter funktionieren, und wie die Angst dann weggegangen ist.

Wie eigentlich fast alles Wissen meines Bruders ein Schutzwissen, Sicherheitswissen ist, denke ich jetzt, zumindest in seinen offenkundigsten Beständen: Unterwasserwissen über Haie und Piranhas, Überwasserwissen zu großen Schiffen und Schiffsunglücken, Luftfahrtwissen über die Sicherheit von Flugzeugen, sein Interesse an Kartographie, erfundener wie realer, die Spezifik und Ausdehnung seines Geschichtswissens, zur Dynamik von Machtübernahmen, Umbrüchen und fehlgeschlagenen Attentaten, seine Beschäftigung mit Katastrophen, Erdbeben und Fluten, eine bedienungsanleitungsgenaue Kenntnis über die Nutzung und Instandhaltung von Familienautos, Wohnzimmeröfen und Laptops, und auf der anderen Seite dieses Wissens, vor allem früher, die sofort einschlagende, komplett aufplatzende Unruhe, vollendete Haltlosigkeit, wenn etwas nicht auffindbar ist oder nicht gelingt.

Demgegenüber die Stabilität und Ruhe seiner Pools und Tunnels, die Stunden im Gips und im Holz – und wie er sich bei all dem ans Spielen hält, beim Spielen bleibt. Wie in Verlängerung davon, zugleich weit darüber hinaus, mein winziger Neffe meinen Bruder liebt. Wie sowieso alle winzigen und kleineren Personen in der näheren Umgebung meines Bruders meinen Bruder lieben, und seinen spröden, schönen Baum, im Schlagschatten der aufgestapelten Beurteilungs- und Verurteilungsmanöver ausgewachsenerer Leute.

Vielleicht, denke ich jetzt, sind die Milchtüten, Holzgesichter und Gipsvasen auch sehr lange Verlängerungen der Knete, die wir damals –

Dass er fast immer luzide träume, erzählt mir mein Bruder am Telefon später, mindestens während des Träumens immer wisse, *dass* er träume, weshalb auch Albträume kein riesen Ding für ihn seien, er wisse ja, sie hören sicher wieder auf und könnten insofern als Testläufe betrachtet werden, wie Proben, Spielanordnungen gewissermaßen. Dass er sowieso nahezu ausschließlich zwei wiederkehrende Träume habe, von denen der eine immer exakt an derselben Stelle beginne, an der Mauer genau hinter der Dorfkirche auf dem Hügel, der ja die höchste Erhebung im Dorf ist, wo dann 2008 im Kirchturm naheliegenderweise auch der Blitz eingeschlagen hat (wovon er im Übrigen eine Aufzeichnung auf Videokassette habe) – dass er jedenfalls von dort startet, sich durch ein leichtes Flattern mit den Handgelenken an der Hüfte ganz einfach in die Luft erhebt, und dann wie der Popov vom Janosch übers Dorf fliegt, was er über weite Strecken auch lenken könne, aber dann falle, zwar zuverlässig, aber an jeweils anderen, nicht vorhersehbaren Punkten der Höhenwind ab, und er weiß, Kraft der eigenen Flügel kommt er jetzt nicht weiter, da sei dieser immergleiche Kitzel am Fallen, aber auch das Wissen um die Dringlichkeit eines Aufwinds, denn im Dorf könne er unmöglich landen, es gibt dort keine Landebahn, und das sei wie bei Flugzeugen, wenn er abseits davon landet, geht es für gewöhnlich schief.

Dann gebe ich ihm am Telefon sofort einen Traum zurück (du gibst mir deinen Traum, ich gebe dir einen von meinen), erzähle ihm also jetzt, wie ich im schlecht belichteten Halbdunkel auf einem der unzähligen Familienvideos von früher in einer Matratzensituation sitze, offenbar mitten in der Nacht, etwa vierjährig und vollends verschlafen, zwischen den um mich herumkugelnden und robbenden anderen, alle nochmal wach geworden, die Bettdecken nestelnd über meine Füße spanne und mit dieser schlafknarzigen Kleinkindstimme im dicksten schwäbischen Akzent, hustend und verdruckst unserem Vater in die Kamera erzähle, wie die Räuber gekommen sind und uns an ein Gitter gehängt haben, *die Mama, du und ich, und du und ich,* und dann haben die die Türe aufgemacht, aufgerissen, und das Geländer, wo wir dran waren, auch, und dann sind die zu uns gekommen, und weil die ja die Türe aufgemacht haben, haben die uns getötet.
Waas, fragt mein Vater entgeistert, *und dann?* Dann sei, sage ich meinem damaligen Vater plötzlich glasklar und hell,

dann sei der Florian gekommen und habe uns wieder zusammengebaut. Mein Bruder lacht am Telefon, und ich ergänze, wie er währenddessen mit Teilen seiner schlafanzugbezogenen Arme oder Beine und seinem Gesicht ins Bild kommt und nahtlos erzählt, wie es weitergegangen ist, nämlich dass er dann also gekommen sei und *die Männer zerrissen und in den Mülleimer geschmissen* habe, worauf mein Vater mit seiner ruhigen, zugewandten Kamerastimme fragt: *Ah, da hast du den gleichen Traum gehabt wie die Maren?,* und er sagt mit Schlafaugen, beschämt vom Erwischtwerden: *Nee, hab's nur im Witz gesagt.*

Dass Menschen, die gezielt Klarträume erleben können, auch *Oneironauten* genannt werden, lese ich nach, von Griechisch *oneiros*, der Traum, und *nautes*, der Seefahrer – also mein seefahrender, segelnder, nachts zielsicher übers Dorf navigierender Flugbruder.

Mit einer Geburtsmasse, die etwa zehnmal so groß ist wie die aller anderen Menschen, die mir jenseits meines Bruders begegnet sind (und selbstverständlich reine Einbildung meinerseits), wird mein Bruder, sagen Teile meiner Berechnungen, in seiner Spätphase vermutlich zu einem winzigen, dichten Weißen Zwerg von der Größe der Erde werden und zu diesem Zeitpunkt ausschließlich aus Neon, Sauerstoff und Sonderbarkeit bestehen. Ich halte es angesichts der enormen energetischen Masse meines Bruders und nach Maßgabe meiner puren, von Bescheuertheit wie gesagt stark infusionierten Imagination allerdings auch für wahrscheinlich, dass er in einer spektakulären Explosion, einer Supernova, aufgehen wird. Da habe ich allerdings auch Angst vor.

Hömma, sagte der Hase, der von meinen Betrachtungen nichts mitbekam oder einfach stur keine Notiz davon nahm, jetzt aber doch irgendwie einen rheinischen Einschlag hatte: Wenn man die Namen einiger der von der Erde aus betrachtet hellsten Sterne hintereinander aufsagt, klingt es, als würde man rückwärts sprechen, guck:

Wega,
Arktur,
Alnilam,
Alnitak,
Alioth,
Mirfak,
Atria,
Murzim,
Hamal,
Alamak,
Schedir,
Etamin,
Izar,
Enif,
Girtab –

Denk mal:
Esah,
Neram –
wir könnten auch Sterne sein.
Er strich sich verlegen (versonnen) die Barthaare aus.

Wenn ich an Versenkungsidole denke, denke ich jedenfalls hinter allen Glenns und Agneses, hinter allen Basquiats, Messis und Princes eigentlich vor allem oder immer auch an meinen einzigen, exakten Bruder und seinen einfachen, schweren Baum. In dessen Umfeld wir schließlich zusammen angefangen haben, im Abstand von wenig mehr als einem Jahr. Schließlich stehen wir insgeheim immer noch nebeneinander vor dem klapprigen, für uns bis dahin randständigen Ofen und warten auf den genau richtigen Schmelzpunkt.

SCHEINTOTER RAUM (DONNER DOWN MEMORY LANE) Am 5. Februar geht um 16:48 Uhr, eine gute halbe Stunde vor Sonnenuntergang, der Vollmond im Osten auf. Obacht, Mädchen, du stehst unter dem Einfluss, jeweils Tage zuvor. Du stehst nur circa vier Fußbreit hinter der Schwelle, vor der du jetzt fünf, sechs Monate herumgezögert hast, scharrend, hirnend, die Penetranzen und Hyperpräsenzen von *Biografie* und *Autofiktion* hin und her wälzend, wuchtend – und beeinflusst von den handelsüblichen Hormonen, den bedrohlich vibrierenden Infrastrukturen innen und außen, und in Anbetracht aller zwecklosen Vorbereitung stehst du vielleicht erst recht unter einem DONNER DOWN MEMORY LANE, seltsamen Eindruck, Einfluss. So – wie viel erzählst du, von den Leuten in deiner Familie? Was wählst du aus, wie formst du das? Führst du deinen Opa, Bruder vor, und wenn du's noch so gut meinst, mit noch so vollem Herzen? Ja. Und darfst du das, wer sagt, *du darfst*, und willst du das? Weshalb fühlen sich Zugriffe auf nahezu jede Art von Realität, Biografie, Betrieb und Weltgeschehen jenseits aller hasenhaft verspulten Rahmenhandlung anmaßend, wie ein Übergriff, ein Benutzen mindestens an? Stehst du, frage ich mich, nein, *ich* frage *mich*, stehe *ich* nicht eigentlich, diese Personen, Weltausschnitte beschreibend, Analogien, Zusammenhänge erzeugend, wie mit Sprühdose vor einer Mauer, mit tief in die Stirn gezogener Kapuze, nachts, rasch, linkisch und praktisch ohne Licht vorgehend, im Wissen, dass alle Schrift, jedes Zeichen auf diesem Hintergrund *Zugabe* ist, *überzählig* und hoffnungslos unvollständig, weil mein Hintergrund schon *gelebt hat* und parallel zu meinen nächtlichen Versuchen (1 Schmierage, Vandalismus) weiter existiert, haltlos und voller, lebendiger und ganz anders, als ich kritzle, schnitzle, schreibe, denn *in dem Maße, in dem der Grund* nicht sauber *ist,* hat Roland Barthes ja längst ge-

sagt, *ist er fürs Denken unpassend (im Gegensatz zum weißen Blatt des Philosophen) und daher sehr passend für den Rest (die Kunst, die Trägheit, den Trieb, die Sinnlichkeit, die Ironie, den Geschmack: alles, was der Intellekt als ästhetische Katastrophen empfinden mag)*, und also für den Stoff, aus dem zum Beispiel meine Familiengraffiti, die Wandleute, Wandverwandtschaften hier gemacht sind – meinerseits, meine ich, rein meinerseits, eigenhändig, verhuscht und nächtlich, ohne viel Licht, aber voller Absicht. Weil ich sie, wenn ich schlicht bin, gerade einfach brauche, gegen die Konkretion der Zumutungen, die randalierenden Infrastrukturen, oder weil der um seine Federn trauernde Kauz in mir danach ruft, rufe ich, bei aller grundlegenden, gleichzeitigen, sonst herrschenden Skepsis gegenüber den meisten Sorten Rudel, Sippen oder Schulen. Wenn ich an der Wandverwandtschaft oder der Jetztwelt, Gegenwart, diesem großen, hohlen, viel zu vollen Zustand und den Unwuchten, krummen Traumfabriken meines eigenen Kleinlebens schreibe, *habe* ich kein weißes Blatt, Roland, verstehst du, und dann denk ich nicht, nicht dominant, ich scribble.
Ja genau, sagt Roland Barthes.
Ja ja genau!, ruft Jule, aber fang du ja nicht auch an, Anfangsbuchstaben für Namen zu nehmen, Marotte!, ruft sie, dieser um sich greifende, grassierende, dieser leidige Initialenwahn!
Niemals!, rufe ich zurück.
Gut!, ruft Jule, das geht mir nämlich so sehr auf die Nerven, diese Als-ob-Fiktion, vermaledeite.
Ich weiß doch, Julisch, rufe ich, das weiß ich doch, das geht mir doch genauso.
Aber wie bleibt, was ich scribble, schief und *kursiv*, eine Schraffur? Ich möchte euch hinmalen, Oma, Opa und Oma, Opa, dann mit der Handkante darüberwischen, Ma, Flo, so-

dass nur Skizzen bleiben, mit verschmierten, schemenhaften Rändern – *die Inschrift und das Auswischen*, beides in einem. Und wie gelingt es, den Hintergrund, mein Mauerwerk, wenn es Gefahr läuft, Kathedrale, Geschichte, Sakralbau zu werden, umzustoßen, umzuschubsen und die auf ihm befindlichen Figuren, Formationen nicht zur *Imago* werden zu lassen, schon gar nicht zu Statuen oder kaltem, monumental gefügtem Stein, an dem für die kommenden Jahrhunderte Tautropfen abperlen, vereinzelt Kriechtiere und Asseln auf- und abwandern, an manchen Tagen ein Wind durchs Gemäuer geht und sich sonst nichts bewegt – stattdessen ein in sich bewegliches Gefüge ins Gleichgewicht zu heben, im Gleichgewicht zu halten, mit Winkeln, Nischen, Buchten, in denen die Mehrdeutigkeiten, Diskontinuitäten nisten, nach Belieben ein- und ausgehen und zeitweise entwischen wie unzuverlässige Geister, ein fragiles Modell in meinem Handteller oder Mobile zwischen meinen Fingerspitzen, wie kann ich das offen halten, wie hält sich das? – Wenn ich jetzt nach Hause fahre, packe ich ein: ausnahmslos weiche Kleidung, Kapuzen-, Schlaf- und Schreibklamotten für langes Sitzen mit meist angezogenen Beinen, maximal leichter Stoff, das Gewicht im Koffer gehört den Büchern, das Gewicht am Körper gehört dem Kopf, die Kosmetik leihe ich von der Ma, aber dass ich momentan fünf unverzichtbare Stifte – ich schreibe wohl wieder, immerhin schreibe ich wieder, und das Schlimmste ist wohl überstanden. Der Büffel nickt. In einem kahlen Baum auf dem Weg zum Supermarkt hängt ein verlassenes Nest und ein Tennissocken. Manche denken manchmal noch an Michael Stich. Ein Kind im Schneeanzug singt seiner Mutter so ausgiebig ein Lied, bis seine Mutter lacht, sehe ich, und höre nichts davon, weil ich entlang der Playlist zu meinem Buch Glenn Gould höre, der summt und so lang windschief singt, bis ich selber lache. Der Hase sagt: Schwachsinn. Ich nicke. Ich sage (befinden uns also seit Tagen wieder auf dem Ausziehsofa in Mittelhessen), ich bin doch hier auch im Versehen hineingeraten, Hase! Im zwielichtigen, zweischneidigen Zwiebelverfahren, ein Irrgarten! Anfangs bin ich einem Licht gefolgt, das ungefähr von gegenüber kam, und vorerst weitergelaufen, dann kamen die Gleise. Stell dir vor, sage ich, etwas nimmt Fahrt auf, es gleitet, aber unversehens geht etwas zu weit, um nur wenige entschiedene, entscheidende Millimeter, dann kommt die Angst vor der Entgleisung, dann die Kurskorrektur, Abweichung, und so ergibt sich die Streckenführung, ein Netz – zirkulierend, verstrickt, chaotisch, erratisch und malerisch planlos. Es ist auch für mich, Hase, auch für mich, ein vollends reservefarbener Aufenthalt hier. Mir gehört hier fast nichts, ich spreche trotzdem davon. Oder ich rede darüber, dadurch besitze ich es. Dadurch besitzt es mich, und keiner dieser Zustände gehört sich doch. Der Unverschämtheit ist schlecht auszuweichen hier. Oder der Übermut hängt neben dem Mut im Baum und baumelt. *Strength and courage overrides the privileged and weary eyes of river poet search naïveté*. Also als spräche ich fahrend, wie entlang Schienen, auf einer eigentlich unbedarften, zieloffenen Suche, aber dann *über*fährt es mich. Oder je weiter ich spreche, umso mehr werden aus diesen Personen Hinweise, wie Pfeiler oder Wegmarken, die, neben dem Gleisbett abgestellt, mit winkenden Gelenkarmen hinter mir zurückbleiben und immer kleiner werden, während ich im Zugzwang weiterrase. Mhm, macht der Hase, dann schläft er ein. Der kommende Sommer wird wohl sehr heiß. Ein Opa ist auf dem Fahrrad davongekommen, der andere hat fast alles mitgemacht, sie waren sehr unterschiedlich alt. Mein Neffe macht Essgeräusche wie meine späte Großmutter, die Essgeräusche meines frühen Neffen und meiner späten Oma gleichen sich insbesondere in Sprachaufnahmen am Mobiltelefon auf wirklich bemerkenswerte Weise, *Mich!*, ruft er in seinem Stühlchen beim Essen, *Mich!*, und zeigt dabei auf sich und meint die Milch, wenn ich jetzt zu Besuch bin, unternehmen wir fast täglich 1 *Reise*, meistens 1 *lange* oder *große*, die erste hat als kleiner Gang den Minihügel im Garten hoch begonnen und wollte dann nicht mehr aufhören und musste also weitergehen, also sind wir in Hausschuhen über den Autostellplatz zum Waldrand, bis beim Spazierhund die Neugier vorerst befriedigt war, das letzte Mal, besser ausgerüstet, ging es mit dem klapprigen Plastikrasenmäher im Schlepptau den Oberen Wartenberg, dann den Unteren Wiesenborn runter, bis zur langen Kurve in die Schlossquelle, 300 Meter, 15 Minuten, wo wir stehen bleiben und innig diskutieren mussten, er wollte den Berg doch ganz runter und dann die vier Kilometer rüber in die Stadt zur Meisenstraße, aber gleich gibt es Schnitzel, sage ich, wir müssen doch zu den Schnitzeln, *Nitzel*, sagt er dann, seufzt und lässt sich schließlich überreden, inzwischen nimmt er nicht mehr nur einen Finger, sondern die ganze Hand, die ganze kleine steckt in meiner großen Hand, den Weg zurück trage ich ihn meistens (*Aaam*, sagt er dann, *Aaam*). Mittlerweile hat er auch einen Namen für meinen Vater gefunden: *Opo*. Also einmal steht der *Opo, Papo* im Februar im Garten vor dem kleinen Teich und fragt beim Betrachten der Eisschicht: Wie kann denn Wasser Falten werfen, wenn es friert, wie lässt sich das erklären. … *es wird Juni, September, abermals Mai, wir halten sie hin, die Freunde, im Abseits*, schreibt Friederike Mayröcker vor siebenunddreißig, sechsunddreißig oder fünfunddreißig Jahren, wenige Monate vor dem diesjährigen Februar steht mein *Papo* auf der Terrasse, schaut in den Himmel und sagt beim Anblick eines Flugzeugs: Es ist doch nach wie vor erstaunlich, dass diese schweren Geräte am Himmel bleiben. Da ist es wieder, das Wundern, dann mein umgehendes Verwenden des Wunderns, Benutzen, Hinhalten seines Wunderns, das ja eigentlich ganz für sich, bedenkenlos am kleinen Teich vor sich hingemurmelt wurde – ich halte das Wundern meines Vaters in den Terrassen- oder Gartenhimmel über meinem Text, in meinen Kopftext, Textkopf wie vor eine Tapete oder einen Horizont und prüfe, ob es farblich passt, halte mit dem ahnungslos geäußerten, unbedarft nach außen gelassenen Wundern eigentlich den ganzen *Papo* hier hinein wie zuvor seinen Vater, seinen Sohn, und so weiter. … *in einem glühenden Ausmaß, sage ich,* schreibt Friederike Mayröcker, *alles hängt in einem glühenden Ausmaß von unserer Tagesdisposition ab, (…) ob wir in einer aufgewühlten Stimmung sind, um diese unsere Schreib-, unsere Lebens-Situation meistern zu können, in einem glühenden Ausmaß, im gegenüberliegenden glühenden Fenster die Morgensonne,* schreibt sie, und auf ähnlicher Route geraten solche ahnungslosen Momente sowie die Menschen, die daran dranhängen, hier in diesen Text hinein, als Momentmenschen an Ösen, Anhänger an verschiedenen Enden eines von mir gefügten, ineinandergesteckten, meinetwegen für den Moment gut verleimten Mobiles, und werden dadurch fest, dingfest, vom *Papo* das Wundern, vom *Opo* die Knete, mein Bruder als Baum, hier die Salatsamen, Seidenschals, eine Teekanne, dort ein paar Flügelkiemer, Blindwühler, eine Seefeder, mehrere etwas zu schwere Vasen, dazwischen ein grüner Vogel, und so fort. Und wohin? Der Grönlandhai, sagt Matthes irgendwann im Mai, November, Januar oder Dienstag, wird erst mit einhundertfünfzig Jahren geschlechtsreif. Bislang, lese ich nach, ist erstaunlich wenig über diese Hai-Art bekannt, der Tiefstschwimmende wurde in den 90er Jahren in 2000 Metern Tiefe gesichtet, mehr als 1000 Meter tiefer als die bis dato bekannte Tauchtiefe, er schwimmt träge und langsam, ist aber offenbar dennoch, zeigt der Fund eines Kieferknochens im Magen eines obduzierten Exemplars, in der Lage, Eisbären zu reißen. Dabei hat man lange gedacht, das Tier suche ausschließlich am Meeresgrund herumschleichend nach Nahrung, die ihm quasi ins offene Maul schwimme, zum Beispiel: zufällig herabsinkendes Aas. Unklar ist auch, was es mit den häufig auf den Augen dieser Haie sitzenden Ruderfußkrebsen auf sich hat, ob sie dem Hai schaden oder helfen, ihn erblinden lassen, weil sie seine Augen paralysieren, oder ihm im Gegenteil lumineszierend als Köder für Nahrung dienen. Innerhalb einer Lebensspanne von meist mehreren hundert Jahren wird der Hai sehr langsam vier bis fünf, manchmal auch acht Meter lang. Der Kern der Augenlinse des Hais bildet eine Art biologische Zeitkapsel vom Zeitpunkt seiner Geburt, weil dieser bereits im Embryonalstadium fertig ausgebildet ist und aus kristallinen Proteinen besteht, die danach keinem Stoffwechsel mehr unterliegen, sich also nicht mehr verändern. In einer Gruppe von 28 untersuchten Tieren konnten nur bei zweien innerhalb der Augenlinse Spuren der atmosphärischen Nukleartests aus den 1950er Jahren gefunden werden, die damals den Radiokarbongehalt der gesamten Biosphäre erhöhten, und so der Geburtszeitraum der Tiere rekonstruiert werden. Das bisher älteste bekannte Exemplar war ein 5,4 Meter großes Weibchen, dessen Alter auf 512 Jahre geschätzt wurde. Nur ausgesprochen wenige andere Arten, so die Islandmuschel und der antarktische Riesenschwamm, übertreffen dieses Lebensalter in der Tierwelt, unter den Wirbeltieren keines von den bislang bekannten. Da die Forschung den Grönlandhai zum Zeitpunkt der Namensgebung für derart träge hielt, lautet sein lateinischer Name bis heute *Somniosus,* der *Schlaftrunkene.* Sieh doch, Hase, sage ich, den ganzen langen Haifund vor meinen Text haltend, wie gut der Hai vor unsere Tapete passt, *in einem glühenden Ausmaß!*, rufe ich, *in einem glühenden Ausmaß* passend auch zur gegenüberliegenden, teils verhedderten, sehe ich jetzt – da hat sich gerade was verheddert –, Mobileposition, Mobilesituation und ihren pendelnden Zusammenhängen, unmöglich, sage ich zum Hasen, kann ich auf diesen Hai verzichten. Nur ob die Momentmenschen an ihren Ösen in diesen meinen selbst gelöteten Konstellationen blind werden, stumpf, meine ich, oder aber lumineszieren, und was davon in welchem Zustand gilt, sei mir, sage ich leicht nach unten geneigt zum neben mir lungernden Hasen, ebenso unklar wie der Grönlandhai der Forschung. … *solch parasitäres Kunstverfahren!*, rufe ich laut, aber der Hase reagiert nicht, *jetzt tritt mir der Schweiß aus den Poren, Nachtschweiß und alles falsch, das ist alles gelogen, ist alles nicht wahr, ich schreibe ja alles nur ab (…), mein Kopfbeutel eben hat alles fahren lassen an allgemeinen Zusammenhängen und weiß jetzt nicht wo oben und unten ist, und weiß jetzt nicht ob das alles mein eigenes Fühlen und Denken ist, oder habe ich mir das alles nur* angeeignet : *euphemistisch für : habe ich das alles* zusammengestohlen, *habe ich nicht jederzeit alles an mich gerissen (…), habe ich nicht, neben mir selber stehend, alles eingesogen in mich, alles aufgezeichnet und abgepaust, Fremdes als Eigenes ausgewiesen, o welche Schmach solch parasitäres Kunstverfahren*, ruft Fritzi, und besser kann man es nicht rufen, rufe ich, der Hase schnarcht, er hatte Rotwein. Ich habe Rotwein, und wieder schließe ich mit der Shuffle-Playlist zu meinem Buch Wetten ab, ich rate fünfmal, einmal davon liege ich richtig, dann kommt sofort der Aberglaube, als Schwall, *eine Vor-*

sehung!, Eingebung!, rufe ich mir und der Playlist mitten in der Nacht zu, *siehst du!*, sage ich vollüberzeugt mitternachts zur Playlist, *ich wusste doch, dass ausgerechnet dieser Song, genau jetzt* aus der näheren Atmosphäre, dem Universum oder von meinen über diesem Gefüge hier oder am Himmelsgewölbe schwebenden Großeltern ausgesendet hier hineingeraten und in diesem Moment angesprungen ist, denke ich – aber zum Glück war es Waldhessen oder ein anderes meiner Schachtkammerlöcher und man verstand mich nicht gut. Allerdings auch: Ich lege meine Notizhefte auf die Hexenbücher und Lexikonabschriften, den Laptop auf die gesammelte Mayröcker-Prosa, sie sollen über Nacht sich *unterhalten*, ich drapiere den Hasen in meinem Bett, seine schlotterlangen Arme, Beine und ellenlangen Ohren jeden Morgen je nach Stimmung, bevor ich mich an den Text setze – kann ich es also leugnen, das bescheuerte, schöne, das magische Denken, bilde ich mir ein, *bilde* ich mir dann ein, bilde und trichtere ich dann hinein in mich, das magische Denken im Moment solcher Momente, gegen die Konkretion der Zumutungen, der Purple Rain soll *jetzt* durch diesen Trichter rein, *hier* rein und rein in *mich*, und wenn solche Momente, Nebelfinger, Komplizenschaften eintreten, ein absichtsloses Korrespondieren der Schnittstellen, Ausbüchsen, Verselbstständigen der Anschlussfähigkeiten, manchmal Leuchten der Sollbruchstellen, Astrologie, Alchemie, ach, Angst und Ekstase, und wie esoterisch (auratisch) werde ich gegen Ende meines Lebens sein, Oma, ein Sternbild? – *Where is my mind* und *where is my mind* und mein Name ist Hase, ich weiß von nichts.
Mein Name ist Hase!, ruft der Hase, ruckartig wach, hat im Italienischen die Entsprechung: *Ich bin klein und schlafe im Stehen!*

Im Russischen heißt das vergleichbare Sprichwort: *Ich bin nicht ich, und das Pferd ist nicht mein, und ich bin kein Kutscher*, oder:
Mein Haus ist am Rande, ich weiß nichts.
Schätzelein!, ruft er dann, offenbar immer noch rheinisch, ich glaube wohl, der Bann ist gebrochen, wir sind auf Seite 118, haben die Hundertergrenze überschritten, wir fliegen weiter. Er sang. Ich sang mit. Ich war so froh. Wir flogen weiter.
Jetzt fügen wir aber, sang ich aus dem Zusammenhang gerissen dazwischen, zur Erweiterung, Bereicherung und Erläuterung des Zusammenhangs hier erst noch ein paar Bilder ein, sang ich, und das war dann auch so.

Pop-Kultur

Der Hase hatte sich nochmal Auslauf genommen und balgte nebenan auf einer Wolke. Ich blieb wie gehabt in vibrierender Standposition nahebei, der Fliegermotor brummte leise unter meinem Hintern, ich hatte angenehme Gefühle, zeitlos und schwebend, der Hase summte. Eine Weile schwelgte und pendelte alles friedlich ausgeglichen vor sich hin, ein Dösen, der Himmel hatte schöne Farben. Dann sang der Hase plötzlich laut und hörbar überzeugt: *I'm getting older, I think I'm aging well* – und prompt fiel ich in die Zeit zurück und dachte, ich glaube, ich nicht.

Schnurstracks dachte ich am Senklot weiter, seit ich meiner Oma, der gramvolleren, beim Altern zugesehen habe, dachte ich, habe ich mit der Oma jedenfalls die Angst bei mir, dass es mir ähnlich gehen wird wie ihr. Ihr spürbares Unwohlsein im eigenen Körper, das Nichtertragen, Nichtwahrhabenwollen der faltigen, hängenden Haut, des sich anlagernden, ansetzenden Fetts und des schweren Atmens, das ständige Stöhnen.

Sie war ganz damals, weiß ich, die Erste, die meinen Babykörper beurteilt, prüfend, letztlich abschätzig gewogen und für zu speckig befunden hat, als einziges der drei Babys ihres Sohnes, so wurde's mir erzählt zumindest – was der Sohn und dann dessen Sohn freimütig übernommen und während meines Großwerdens also immer wieder zweistimmig stichelnd, *im Witz*, wiederholt haben, bis ich mit 14 als Ausrede aufhörte, Fleisch zu essen, und dann lange insgesamt sehr wenig aß.
Sie war mit dem eigenen Körper, solang ich sie kannte, genauso streng gewesen, das machte es mir plausibler, und so hielt ich mich daran.

Oder sie war mit mir so streng gewesen, deshalb gönnte ich ihr den teilweise körperinduzierten Gram im Alter auf gewisse Weise und schämte mich zugleich dafür, dass ich das tat. Ihr permanentes Kämpfen mit der Schlaffheit, das immer schon kurz vor der Resignation stand, das kaum noch vom Sofa hochkommen Wollen, die Beschwerlichkeit des Aufstiegs in den oberen Stock zu uns ins Wohnzimmer, ihr hörbares Ächzen bei jeder Stufe, die in der Luft liegende, fast kollektive, stille Verachtung ihres Selbstmitleids, wenn sie oben angekommen war. Der *Tablettenvorfall*, den meine Ma als bloßes Rufen nach Aufmerksamkeit, als Täuschung, auch als Dreistigkeit ihr selbst, meiner Ma gegenüber, verurteilte und deshalb strafend ignorierte. Der *Pseudosuizid*, wie sie ihn heute noch nennt.

Kaum etwas macht mich trauriger als zu wissen, gewusst zu haben, sie hat ganz langsam nachgelassen da unten, ist ganz langsam verschwunden, wie etwas, das sich aufgibt oder an einem mehr oder weniger bestimmten Punkt vor langer Zeit aufgegeben hat und in Konsequenz daraus zwangsläufig immer weiter nachlässt, erst recht, wenn die äußeren Fixpunkte und Koordinaten verschwinden, zum Beispiel: ein Ehemann.

Die zum Teil, meine ich, im Trotz (oder in einer mit weniger Talent zum Charme ausgestatteten Verlängerung ihres Ehemanns, gewissermaßen in dessen Andenken) aufs Spiel gesetzte Zuneigung der eigenen Nachfahren, das immer sturere sich Verlegen aufs Anstrengend- und Angestrengtsein, irgendwie muss man sich ja einrichten und behaupten, ein Sträuben, Strampeln, sich Wehren gegen die Gesamtsituation und Dynamik von allem.

Wie das – die Oma – niemand richtig beachtet, bedacht oder ernst genommen hat. Wie sich niemand wirklich kümmerte, auch meine Ma, bei aller Fürsorge, die sie Unmengen an Zeit und Arbeit kostete, sich letztlich nur pragmatisch, qua Papierkram und Rezepten, die sie abarbeitete, und Wäsche, die sie mitwusch, um sie kümmerte, und immer unter beiderseitiger Gegenwehr und Widerwillen.

Die dicke Schicht Sippenschuld treffe ich bis heute im Erdgeschoss, wenn ich treppabwärts die Räume da betrete, wo heute die Werkstatt meines Bruders und meines Vaters ist, wo noch früher mein Klavier stand, ich vor der Wohnzeit der Oma also selbst viele Stunden allein verbracht habe und mich, noch während sie da wohnte und bis heute, auch in Abgleich mit meiner eigenen Alleinzeit in diesem Zimmer fragte und frage, was sie da tat, alle Stunden am Tag und alle Tage. Wie ununterschieden, undeutlich ihr wahrscheinlich die Zeit da vergangen sein muss. Dass sie möglicherweise lange schon nicht wusste, was damit anzufangen wäre, weil sie vielleicht vorher schon nie herausfinden konnte, wie sie mit Zeit umgehen wollte, wenn sie ganz für sich und die Zeit nur für sie war.

Wie mir in mehreren Phasen morgens beim Aufwachen dieses Gefühl an mir selbst begegnete, an mir dranhing wie Restschlaf, ein Klebriges, Leeres, ein Fehlen von Richtung, ohne eigentlich greifbaren, begrifflichen Anlass zur Schwere auch, was es noch schaler machte und mich körperlich an diese Oma denken ließ. Ob das ihr Körpergefühl gewesen ist, habe ich mich an solchen Tagen morgens gefragt, und ob das zunehmen wird, *wer bin ich denn, und wo bin ich denn,* fragt Friederike Mayröcker, fragt meine Großmutter, frage ich mich morgens, *und lebe ich noch, und was für ein Tag ist heute, Dienstag, gut, aber was für ein Dienstag, der achtzehnte, gut, aber was für ein Monat, das kann mir keiner sagen, nicht wahr, und was für ein Jahr, welche Jahreszahl schreiben wir,* schreibt Friederike Mayröcker, schreibe ich, *ich bin schon nicht mehr bei Sinnen (...), es riecht schon am frühen Morgen nach gekochten Kartoffeln.*

Eine Anbahnung, Ahnung, die Anbahnung einer Ahnung oder Verwandtschaft, ist das eine Verwandtschaft, eine Linie, Maserung, die von mir zu meiner Großmutter läuft, und ist das das Alter, dieses Altern, das nun also morgens bei Augenaufschlag vor meiner Bettkante sitzt und nistet, wie es neben ihr gesessen haben muss, jeden ununterschiedenen Morgen.

Biografien hat sie gelesen, oft über Frauen, teilweise über *Frauen wichtiger Männer,* wie man sagt, oder von Frauen, die wie zufällig *zur Zeit wichtiger Männer* gelebt haben, die Günderrode, die Varnhagen, die *Dingsbums,* das weiß ich. Und weiter Woche für Woche (auch das eine Verlängerung, Fortsetzung, eine Art Andenken an ihren Mann) diese dicke, großformatige Zeitung studiert und verflixte Kreuzworträtsel gelöst, viel mehr Wochenroutine gab es nicht, nicht dass ich wüsste, erst recht nicht, nachdem sie sich mit der einen Komplizin vom anderen Ende des Dorfes, die sie einige Monate lang hatte, unversöhnlich zerstritten und die weitere Teilnahme an irgendwelchen Seniorinnentreffs nach den ersten paar Malen empört abgelehnt hat.

Was war dann mit all den zeitgefüllten, zeitgestopften Stunden, wenn die Töpfe zum Abtropfen *doch auch eben noch rasch* abgetrocknet, das kleine Frühstück beiseite, die schwere Marmorplatte auf dem Wohnzimmertisch immer makellos sauber und aufgeräumt war, nachmittags irgendwelche egalen Dokumentationen auf den dritten Programmen, die Tagesschau, die Abendshows, da muss sie doch wahnsinnig oder wenigstens mürbe, ich meine, ausgehend von der angenehm unruhigen Beweglichkeit, die ein Leben mit vielen Umzügen bis dahin mit sich gebracht hatte, die Freundinnen am Telefon, also meist jenseits einer irgendwann auch anstrengenden, nachbarschaftlichen Enge, von der sich die beiden vielleicht auch bewusst regelmäßig entwöhnten, ausklinkten, abmeldeten – also die einstmals mit wehenden Tischtüchern, Topflappen und ihrer ganzen feinen Garderobe durch die Bundesrepublik umziehende Oma, und dann ohne den immerzu plappernden, kantappernden, im Trab befindlichen Ehemann, wie lang ist die Zeit, wenn man plötzlich, möchte ich fast sagen, zur Sesshaftigkeit verdonnert in einem Erdgeschoss in Hessen sitzt?

Das ist doch wohl kein Satz!, rief der Hase dazwischen, er hörte wohl doch zu, driftete im nächsten Moment aber wieder davon, auf seiner Wolke, also dachte ich quasi im gleichen Satz weiter –

Wie sie die immerhin sieben Jahre, nachdem der Erich seinen Abgang gemacht hatte, zur Sesshaftigkeit verdonnert in diesem Erdgeschoss in Hessen saß. Gestopft wie eine Biskuitrolle mit zu viel Sahne, wenn man Sahne ohnehin nicht mag oder ständig streng auf Diät war, so muss die Zeit gewesen und die Oma, stelle ich mir vor, lose durch die Tage gegondelt sein, eine gramvolle Kapsel (ein meinetwegen Donnerkeil) in einem ziemlich kleinen All.

Ich meine, dass sie häufig nur auf Einladung nach oben, die Parteien oben und unten immer hübsch auf Abstand, wie kirre mich das immer schon gemacht hat, wenn ich nur zu Besuch war, was ich nach meinem Aus- und ihrem Einzug ja immer nur war. Diese eingerichtete, stumm vereinbarte, steife Etikette, Krawatte, eine sehr lange, gut gebügelte Krawatte, die plötzlich vom Dachfirst bis in den Keller längs durchs Treppenhaus hing. Wie man entlang dieser Krawatte schon am Geruch in den Stockwerken ausmachen konnte, wie getrennt die voneinander lebten. In einem Haus, das ein paar Jahre zuvor noch chronisch laut war, mit sperrangelweit offenen Türen, wo ständig jemand um die Ecke, kurz vorbei, Pläuschchen hier, Pläuschchen da, oder durchs Treppenhaus gerannt kam, mindestens zwei Nachbarinnen pro Nachmittag im Garten, drei bis fünf Freunde, mehrere Fahrräder, Rollschuhe, Skateboards, entsprechend viele aufgeschrappte Knie, verschiedentliche kleine Verarztungen auf der Terrasse, ständiges unerlaubtes Tunnelgraben im Rasen, ein Lenkdrachen und immer zwei bis drei Tiere.

Auch Hasen?, funkte der Hase, der offenbar permanent in Hörweite herumgurkte, dazwischen.

Ja, sagte ich, da war irgendwo immer auch ein Hase.

(Ich wusste es genauer, aber sprach nicht davon.)

Wie unser Haus in seinem Kern also eine kleinere Version des Hauses der anderen, Ma-seitigen Großeltern gewesen ist, das mit allen ebenfalls ortsansässigen Schwestern und Brüdern der entsprechenden Oma und den dazugehörigen Eheleuten, Kindern und Kindeskindern, also Schwägern, Schwägerinnen, Onkels, Tanten, Cousinen, Neffen und Nichten, Bärbels, Rainers, Dorles, Macks, Kicherers und Kohlers, erst recht zuzüglich der Bagage vom Meierhof, selbst schon ein ganzes Dorf war. Wie das Dorf in diesem Haus zusammenlief und sich von dort ins Tal auffächerte, von der praktisch verkehrsfreien Sackgasse am Dorfrand, an deren hinterem Ende das Haus stand, bis runter in den *Flecken*, an der großen Villa vorne rechts in der Straße vorbei, links runter zum alten *Konsum* im Dorfkern, zum *Häberle*, zum Backhaus, in dem die Hilde Laugen und Kartoffelkuchen machte, gleich neben der kühl nach Holz und Schrauben riechenden Schreinerwerkstatt vom Fredel, der immer im Blaumann war, manchmal mit Abstechern zum Garten vom Omabruder, in dem die Gänse *Pintus* und *Petunia* wohnten, oder zum kleinen Rübenacker der Omaschwester am gegenüberliegenden Dorfrand, und dann vom Dorfkern aus die sich in zwei weiten Kurven den Berg hochschlängelnde Straße zurück zur Gasse vor dem Großelternhaus, dem Großhaus, unserem Urhaus, in dessen Zentrum der riesige Esstisch in der Stube, um den herum mit uns zu Besuch mindestens sieben, meistens eher zehn, zwölf verschieden große Leute saßen und Krach machten und die Größeren spätestens, wenn aufgegessen war, in irgendeine wilde, politische Debatte ausbrachen (aufbrachen). Wie schon nur diese Mittagessen wie zeitlich kaum umgrenzte, prall gefüllte Ballongebilde mitten im oder über dem Tag schwebten, davor die frühen, kühlen, klaren, leiseren Morgenstunden, in denen wir drei Geschwister und die Oma für uns waren, weil alle Großen oben unterm Dach ausschliefen, in denen sie den Spätzleteig vorbereitete und wir fernsehen durften und eher um den Wohnzimmertisch, im kleinen Flurstück auf dem Teppich vor der Küche oder auf dem Küchenboden um sie herum waren, dann die langsam aufwachenden, langsam lebhafter werdenden, gelberen Mittagsstunden, das Hantieren und Klappern der Küchenzeit, Salatsoße, Bratensoße, Spätzle, und von dort wieder raus auf die Gasse, unter den Nussbaum, in den Garten oben und den Garten unten, zu den Wasserhähnen,

Gartenschläuchen, Wäscheleinen, Wäscheklammern, Körben, den Waschzubern und Blechtonnen, Löwenmäulchen, Fliedersträuchern und Stelzen, Bauklötzen, Sandförmchen, Sandkuchen und Rinden, Bucheckern, Nussbaumwurzeln, zwischendurch die Holzstiege rauf auf den Dachboden, an der Opa-Werkbank hinter dem dicken Vorhang vorbei auf die Lotterwiese, die eine geblümte Lieblingsmatratze verschiedener Generationen im Haus war, die Stiege wieder runter, die Gasse vor und die Gasse zurück, bis es dämmrig wurde und in den Abend einbog – Gödel, Escher, Bach, eine unaufhörliche Zeitschleife, Schleifengebilde, ein ungeteiltes Wattebett verschiedener Farben und Lautstärken am Tag, in dem Zeit keine Rolle spielte, weil sie einfach nie spürbar war.

Von dem also meine Ma herkommt. Das über lange Strecken und Phasen sich bei uns ja ganz ähnlich verhalten hat. Und demgegenüber die zähe, schwerere Zeit, die sich im Erdgeschoss absetzte, sedimentierte, während die zweite Oma dort alleine lebte – allein, dass die Stockwerke da so getrennt voneinander waren, nicht ein durchgehendes, nach oben und unten offenes, ungeteiltes Ganzes, durch das man im Schuss oder Flug durchrutschte, sondern bewusst, wie über eine Schwelle nach unten stieg. Oft hab ich mich selbst dabei erwischt, wie ich vorher kurz Luft holte.

Wie sie da gesessen hat, vor der Marmortischplatte und den kniffligen Kreuzworträtseln, zu denen ich sie besuchte, wenn ich zu Besuch war, wo wir wie eigenständige Personen, ich wenigstens halbwegs erwachsen, nebeneinander auf dem Sofa saßen und ich eben einmal nebenbei meine nackten Füße an der Marmortischplatte abstützte, woraufhin sie *Kind!*, rief, *Jetzt guck mal!*, ihre Socken abstreifte und wir unsere tatsächlich praktisch identischen Füße nebeneinanderhielten, ihre 80, meine, ich weiß nicht, 25 Jahre alt. Wo sie ab und an erzählte, eben von Theaterstücken in einem Garten als ganz junges Mädchen, dieser langen Zugfahrt von der Heimschule zurück, dem Wiedersehen mit dem Erich. Wie diese wenigen, frühen Episoden eine vielleicht typische, nostalgische Zärtlichkeit hatten, in der, meine ich, immer auch mitschwang, wie sich von dort aus manches hätte anders entwickeln und fügen können, und zwischen *17 waagerecht* und *34 senkrecht* die bemerkenswerte Schärfe, die sie am Ende manchmal hatte, von der ich, merke ich, das meiste traurigerweise vergessen habe.

(Dass ihr Schwiegervater, der rote Emil Theodor, ja einfach sein Leben lang durch die Betten gewandert sei, auch noch in deutlich fortgeschrittenerem Alter, und am Ende schwer dement gewesen ist, dass man meinen könne, fast sagen müsse, hat sie zum Beispiel einmal rausgehauen, der habe sich wahrhaftig *um den Verstand gevögelt* – solche Dinge.)

Ob meiner Ma das nicht selbst seltsam fremd gewesen sein muss, die Umformung, Ummorphung des Hauses von innen her, in seiner Lautstärke, Durchlässigkeit und Bewegung, seine veränderte, wie ausgewechselte Stofflichkeit, als hätte jemand das Haus angehalten, abgedämpft oder an Volumenreglern in einer versteckten Schaltzentrale heruntergedreht, worauf in der verhältnismäßigen Stille jeder Schritt, jedes Ächzen unten, jeder plötzliche Streit oben umso deutlicher hörbar, wahrnehmbar geworden ist. Etwas Lauerndes hat das Haus da bekommen, ein Registrieren, das sich vorwiegend zwischen der Ma oben und der Großmutter, Schwiegermutter unten aufspannte, etwas Ersticktes, Unterschwelliges, das sich jeden Moment, wenn die Ma in der Mittagspause aus der Praxis nach Hause kam, wenn mein Vater abends nach Hause kam, oder bei irgendeiner x-beliebigen Interaktion in der Waschküche, im Treppenhaus oder am Küchentresen entladen und aufbrechen, ausbrechen konnte, und wie die beiden, die drei, eigentlich alle, nichts dagegen unternahmen, sich jede und jeder in dieser Phase auf seinen oder ihren garstigen, lethargischen oder resignierten Platz setzte und stur da sitzen blieb.

Wie die zunehmende Unsichtbarkeit der Oma eine abgemachte Sache zu sein schien, weil Unsichtbarkeit oder Delegitimierung ein bequemer, tief eingeschriebener, quasi *natürlicher*, mindestens akzeptierter Modus alternder Frauen ist, sie verschwimmen, verkümmern oder können jedenfalls unkommentiert, wie selbstverständlich verschwimmen und verkümmern, wenn ihre Hauptrollen als Hausfrauen und Mütter erfüllt, praktisch abgehakt sind und sie jenseits davon keine Rolle mehr haben oder finden, es ist anders nicht vorgesehen, und so ist es, so war es, und dass aus dieser Logik niemand herauswollte, in diesem in Eigendynamik, in potenziellen Bescheuertheiten, mindestens momentweiser Abweichung, kleinen Tumulten und einem pulsierenden, nie ganz festgelegten Gesamtzustand eigentlich gut geübten Haus, wie verflucht muffig und faul für diesen Zeitraum alle geworden sind, eine Existenzverhinderung, Verschwendung, *Dunnerlittchen noch eins!*

Auf den Tisch hätte sie sich stellen sollen, im Nachthemd mitten auf den Tisch, dann das Nachthemd über den Kopf streifend und das Nachthemd wie ein Lasso in hohem Bogen über dem Kopf schwingend lauthals protestieren sollen, ihre selbst zusammengelöteten Wahrheiten, Ungerechtigkeiten, Unbrauchbarkeiten und Leidenschaften herausbrüllend, meinetwegen ihre verflixten Kreuzworträtsel in der dicken Wochenzeitung uns nacheinander über die Rüben ziehen und dann auf der zusammengerollten Zeitung durch den Schornstein nach draußen fliegen, reiten sollen. Es hätte ihr gut gestanden. Zugestanden.

Aber sie ist nicht wütend gewesen.

Sie hat Wut nicht geübt. Vermutlich ist Wut keine Kategorie, von der Welt und der Zeit zu ihren Zeiten für Leute wie sie nicht vorgesehen gewesen. Rückwendig möchte ich der Oma durch die zusammengerollte, dicke Wochenzeitung und die Jahrzehnte, Zeitalter, aus denen die Oma sich zusammensetzte, oder den Trichter ihrer kleinen, durch diese Zeitalter verschlungenen Tuba eine gut portionierte Dosis Wut zukommen lassen, aber dann denke ich, es wäre wie alle äußeren Eingriffe übergriffig, ein Akt der Kosmetik, es ist nicht nötig, die Oma in ihrer Person und Persönlichkeit derart aufzubessern und nachträglich auszustatten, denn viel hätte, denke ich, ohnehin nicht gefehlt, vielleicht hat sie die Wut in einer anderen, eigensinnigen, für andere nicht immer ersichtlichen Form, Formel oder Phiole bei sich gehabt, zum Beispiel in Form ihres Stolzes.

Ein spröder, störrischer Stolz, dem um sie herum unausgesprochen alle die Grundlage absprachen, was sie wohl wusste oder spürte, und den sie trotzdem behielt, wie eine heimliche Garnitur feinerer Unterwäsche oder ein Service unbenutztes Porzellangeschirr weiter hinten im Schrank, Stolz auf ein zwischen ihren Hautfalten verborgenes, anderes mögliches Leben oder eine Version oder Möglichkeit von ihr, die sie für sich behielt, zwar nicht auslebte, aber auch nie ganz ablegte, und wenn sie den Stolz auch nur in einer andauernden, kaum wirklich zur Umsetzung, Aufführung kommenden Übung behauptet hat, von diesem Behaupten habe ich mir, meine ich, einiges abgeschaut, jedenfalls fand ich diesen spröden, verdrehten Stolz schön, und heimlich war ich stolz auf sie, wegen diesem trotzigen, störrischen Stolz.

Von meiner zweiten Oma den Stolz und den Trotz.

Wovon ich mir außerdem etwas nahm oder bekam:
Von ihrer Strenge mit dem Körper (auch davon bis heute noch Reste).

Von der Schwere, dem Wehren, dem Gramvollen. Die, denke ich in Ausbesserung meiner eigenen, ihren Körperverfall überbetonenden Beschreibung, nicht nur oder erst im Alter bei ihr waren, von denen ich mir mindestens vorstellen kann, dass sie auf eine Art immer bei ihr gewesen sein könnten – *du bist kompliziert, du bist in dich verwunden, deine Schwester ist einfach, sie ist leicht, du brauchst noch viel Zeit für dich selber*, hat sie ja einmal gesagt und dabei vielleicht auch ein wenig sich selbst gemeint.

Wie die Oma, meine ich, ihr Leben über, in allen Altersstufen, auf eine Art überschattet gewesen sein muss, ständig etwas Aufsehenerregenderes von ihr abgelenkt haben muss: ihr älterer, zeitgemäß strahlender, zeitgemäß vollindoktrinierter Bruder, über den ein hirnrissiges Buch vorliegt, das seine historischen Leistungen als angeblich jüngster Freiwilliger in der Leibstandarte SS Adolf Hitler beschreibt, die Mutter eine engagierte NS-Frauenschaftsführerin im Ort, der man wohl lange nach der Diktatur noch eine schwere Handtasche ans Handgelenk hängte, um sie daran zu hindern, bei jeder Gelegenheit den gestreckten Arm in die Luft zu reißen, der Vater ein vom Ersten Weltkrieg gezeichneter, wie man sagt: konturlos gewordener, seine Frau aber nach Kräften unterstützender Ehemann, dann der ideologisch komplett gegenteilig zusammengesetzte Erich Anton, Sohn eines tiefroten, offenbar lange widerständigen Vaters, der nach dem Krieg SPD-Bürgermeister in Kamp-Lintfort gewesen ist – schon diese sich völlig diametral gegenüberstehenden Familien also, und zwischen ihnen die blasse, Kleinrad-hohe Margot, Blässe als unauffälligste, vielleicht naheliegendste oder für sie machbarste Farbe, dann während des Krieges die Verschickung in die Heimschule, einige Zeit nach Kriegsende die Heirat mit dem Charmanten, der ständig auf Geschäftsreise und sicherlich, wie sie selbst sagte, ähnlich untreu wie sein Vater gewesen ist, dann die Kinder, das Häusliche, Übliche.

Ich meine nicht, dass das Schwere, Gramvolle aus genau diesen Konstellationen gekommen ist, sie sind Hinweise und Verstärker, sicherlich, aber dass die Oma als Person auch ohne die spezifischen Beschissenheiten der sie jeweils umgebenden politischen und sozialen Lagen, Zustände und Zeiten schwermütiger gewesen wäre als andere, vielleicht auch einfach schon als Frau, glaube ich, ohne im Einzelnen sagen zu können, wovon und weshalb genau (wozu auch, Schwermut braucht keine vollends akkurate Erklärung, sie bliebe, wie die ganze Oma, bei aller Ausleuchtung auf fast trotzige Weise opak, oder *aufs Dunkelste blau, die ganze Oma vom Rumpf bis in die Glieder auf meiner Netzhaut abgebildet als tiefdunkelblaues, fast ozeanschwarzes Fossil*).

Wie sie sich wohl zeitlebens insgeheim mit allen verglich, vor allem mit den sie umgebenden Frauen, ihren Freundinnen, aber auch allen abstrakten Frauen vermutlich, mit Sicherheit bis zuletzt und aufs Mark mit meiner Ma, vielleicht das abstruseste Kräftemessen, und, naheliegender, auch mit deren Mutter, nehme ich an, meiner bei allem weit um sie und mit ihr verzweigten Familiären trotzdem für sich stehenden, auch selbstständigeren anderen Großmutter, die zum Beispiel Auto fahren konnte und noch an den Wäscheleinen, in ihren Kittelschürzen, beim Teigschlagen mit der Schüssel unterm Arm im tiefsten ländlichen Schwaben irgendwie immer leuchtete, in einer mühelosen Schönheit, groß und schlank, ohne Anstrengung elegant, obwohl sie doch aus ihrem Dorf nie herausgekommen war, wo auch niemand Feuilleton las und das Level von Kreuzworträtseln über die schlichten aus der Fernsehzeitung nie hinausging. Der auch sämtliche Liebe leichterzufallen schien, hat diese Großmutter beim Betrachten der anderen sich wohl manchmal gedacht, denke ich, meine ich ihr angesehen zu haben, mindestens im Nachhinein.

Und mindestens im Nachhinein, wie mein eigener, eingeschweißter Neid, meine Neigung zum Vergleichen, dem ihren vielleicht so verwandt ist wie unsere praktisch identischen Füße, oder ein Ableger davon, geringer dosiert, anders ausgerichtet, aber mit einem ähnlichen Kern im Zentrum.

(Auch ihre Hängebäckchen zeichnen sich schleichend an mir ab, rechts und links unterhalb der Mundwinkel, eine noch unauffällige, sanfte Grübchen- und Beulenlandschaft, die sich bestimmt, denke ich, langsam zu ihrer Gesichtsform auswachsen und eines Morgens in ihre Gesichtsform hineingewachsen sein wird.)

Aber auch, dass ich in ihrer Schwere, Schwermut, und ihrem entsprechend häufig spürbaren, unterschwelligen Wehren oder Fremdsein gegen die eigenen Umstände eine Vorbereitung darauf bekommen habe, von ihr vielleicht als einzigem ausgewachsenen Menschen in wiederum meinem Umfeld, dass nicht alles leicht ist oder sein wird, und das ist ein gutes Wissen, unterm Strich. Dass ich über diese Oma eine Erinnerung an eine Bitterkeit habe, die nicht mir gehört, nicht meine ist, mich an meine aber erinnert und sie darin abfängt, manchmal aufhebt – wie ein undeutlich schimmernder, nicht für alle sichtbarer Punkt, mit dem ich mich verbinden darf, weil sie meine Großmutter war.

Wie die beiden, die Oma und die Ma, aus ihrem Zank, ihrer Verbissenheit aber also nicht herausgekommen sind, bis die Oma starb. Wie meine Ma an diesem Zank, den Spitzfindigkeiten von damals bis heute festhält. Zu Recht, weiß ich, zu ihrem Recht. Dahinter oder dagegen, ein Tochtertrotz vielleicht, bei mir jedenfalls querstehend zum Bild meiner Ma von dieser Oma: ihre Stimme am Telefon, als wir das letzte Mal miteinander sprachen. Wie sie mir mit zwar dünner, brüchiger Stimme, aber auch mit großer Ruhe und Überzeugung sagte, ich solle nicht von meinem Hof da (ein weiterer, ihr wahrscheinlich nicht richtig nachvollziehbarer Aufenthalt) nach Hessen kommen, sie sei doch eh nicht mehr die. Wie sie mich glauben ließ, dass sie das wirklich so meinte, obwohl wir es beide insgeheim besser wussten, uns auf dieses Geheimnis also heimlich einigten, wie sie mindestens in dem Moment das Gegenteil von selbstbezogen und übergebührlich anspruchsvoll gewesen ist, im Gegenteil, meinem Egoismus praktisch zusprach und mich da sein ließ, wo ich war, obwohl es da, wo sie war, vermutlich nicht sehr gut gewesen ist.

(Dabei war ich zu diesem Zeitpunkt auf einem Hof im tiefsten Süddeutschland, bei einer Frau, die mich in ihrer Gestalt, Art, Sprache und Stimme so sehr an die Löwenmaul-Großmutter und das Leben dort erinnerte wie vorher und danach nicht wieder eine, im Stall war ich gewesen, in Latzhosen, vor Dreck stehend und glücklich, über dreieinhalb Wochen 92 Lämmern und Lammmuttern zur Geburt helfend, also bäuerlich, ländlich und schwäbisch, und mir deshalb ihr gegenüber ohnehin verräterisch vorgekommen.)

Dann aber auch: dass ich in einem kleinen, nach unserer Geburt offenkundig von ihr, vielleicht vorwiegend für sich selbst zusammengestellten Fotoalbum ihrer drei Sohn-seitigen Enkelbabys vorne drin ein einzelnes, loses Bild meiner ansteckend lachenden, lauthals schönen Ma liegen finde. Dass bei dieser Oma also wie gesagt immer noch ein möglicherweise neues, nicht erwartetes Kapitel aufgeht.

Hag!, rief der Hase, während er zum zweiten Mal punktgenau durch das Loch im Cockpitdach auf den Beisitz neben mir fiel.
Was?, fragte ich.
Hag!, rief der Hase.
Ich habe, sagte er, während du durch die Treppenhäuser, Waschküchen, Wohnzimmer und Dörfer deiner präadoleszenten Vergangenheit und durch das Gemüt deiner Großmutter mäandert bist, meine eigenen Untersuchungen angestellt.
Ja?, fragte ich.
Ja, sagte der Hase. Und die Quintessenz meiner Recherchen liegt im sturzkurzen Wörtchen *Hag*.
Sag, sagte ich.
Ein Hag, sagte der Hase, ist ein von einer Hecke eingeheg-

tes, eingefriedetes Gelände. Auch die Hecken für die Einhegung selbst wurden so bezeichnet. Für die Einzäunung eines Grundstücks oder einer Weide wird im Schweizerdeutschen und im Südwestdeutschen noch heute die Bezeichnung *Hag* und das daraus abgeleitete Verb *hagen* verwendet.
Aha, sagte ich.
Das alles, sagte der Hase, geht auf das germanische Verb *hag* zurück, das *schlagen, stoßen* oder *stechen* bedeutet. Was wiederum darauf zurückgeht, dass die Hecken, mit denen Gelände, Felder und Weiden umfriedet wurden, aus gekapptem Buschholz gemacht waren. Man nahm dafür zurechtgestutzte, dornige Sträucher wie Hagedorn, Hagerose und Hagebutte oder stark verwachsene Pflanzen wie die Hagebuche, Weiden oder Haseln.
Haha, sagte ich, *Haseln*.
Hegen, sagte der Hase, verstehst du? *Hegen, Behaglichkeit*, aber auch *hager*, ja?
Ok, sagte ich.
Der Hag, machte er weiter, diente nicht nur zur Abgrenzung von Grundbesitz, sondern bot, zum Beispiel auf Friedhöfen, auch Schutz vor bösen Geistern und anderen metaphysischen Eindringlingen. Gleichzeitig!, rief er, verbergen sich in den Zwischenräumen und Lücken ebendieser Hecken – das findet sich in nahezu allen europäischen Sagenkreisen – die Schlupflöcher und Übergänge, Durchgänge in jene Feenreiche oder Unterwelten, von denen man sich mittels der Hecken ja abschotten wollte. Und jetzt braucht es nicht mehr viel, sich auszurechnen, weshalb das englische Wort für *Hexe hag* ist. Dass *hedge* und *Hecke* im weiteren Sinne ja auch für *Saum* oder *Grenze* stehen und Hexen ebenjene Grenzwesen sind, die auf Zäunen oder Hecken sitzen.
Zaunreiterinnen!, rief der Hase.

Oder *Bockreiterinnen,*
Gabelreiterinnen
oder *Mantelfahrerinnen.*
Also *Weissagerinnen* oder *Kristallseher-* oder *Zeichendeuterinnen.*
Oder wie man schlicht und plump auch sagte: die *bösen Leute (Malefikanten).*
Die mir, sagte der Hase, je weiter ich recherchierte, immer bewegter und aufregender, ähnlich wie fahrendes Volk oder Zirkusleute erschienen sind, mit allerhand Tand ausgestattet, in Lumpen und weite Gewänder gekleidet, durch alle Sphären, Ebenen und Vorstellungsschichten reisend, geistergleich, ungreifbar, mit offenen Köpfen, zuständig und verflucht für allerlei Geheim- und Anderswissen, das der jeweils mühevoll etablierten und verteidigten *Wirklichkeit* oder *Wahrheit* gefährlich werden konnte und deshalb verschmäht und gejagt wurde.

Dann fing er an zu plappern wie ein schnell durchgeblättertes Wörterbuch: Also schau, sagte er, wir haben altenglisch *hægtesse*, mittelniederländisch *haghetisse*, norwegisch *tysja*, was eher Elbin bedeutet, insbesondere *huldatysja* und *haugatysja*, dann, wieder norwegisch, auch *tusul*, das Gespenst, davon dann dänisch *tøs,* schwedisch *tös*, das Mädchen, sowie norwegisch *taus*, das Dienstmädchen, daraus abgeleitet *tosen, Tussi* und *Tusnelda,* ja und ja, es macht ja alles Sinn, der *Hag,* die *hag*, das alte Weib, der weibliche Dämon, das Rabenaas – jedenfalls!, rief der Hase, sind auf diesem Wortfeld praktisch alle immer schon wortwörtlich degradiert gewesen, schau, auch die heute noch vorhandenen, zahlreichen topographischen Bezeichnungen mit *-hag, -haag* oder *-hagen* standen bereits in den späten Phasen des Mittelalters für ärmliche Siedlungsformen: Ein *hagestalt* war ein klei-

nes Anwesen, ein *hagestut* ein Kleinbauer ohne eigene Familie, aus dem der spätere *Hagestolz* wurde, der allerdings, sagte der Hase sich mittlerweile fast überschlagend, über die Zeitgeschichte hinweg weniger Schmach, Jagd und Verfolgung abbekam als seine weiblichen Äquivalente, höchstens ein müdes, abfälliges Lächeln.
Da brach er ab.

Hinter einer dieser Hecken, Übergänge und nachtschwarzen Grenzen aber, sagte er nach einer Verschnaufpause weiter, jedenfalls genau drei Weibsen.
Bitte?, fragte ich.
Ja, sagte der Hase.
Nämlich habe ich, sagte er, neben dem Etymologisch-Historischen auch Nachforschungen auf der Ma-seitigen Seite deiner Familie betrieben, und lange musste ich nicht suchen, bis ich drei auch dir ganz gut bekannte, quasi weissagende oder hellsehende Greisinnen gefunden habe, nämlich: deine Urgroßmutter Frieda Kohler, ihre Cousine Lore Hirschburger sowie die Nachbarin und Freundin, Verschwisterte, Eingeschworene, also Komplizin dieser beiden, Berta Stumpp, die, wie man diesseits der Familiengeschichte weiß, mindestens ihr älteres Leben lauschend, wirklich praktisch im dauerhaften Lauschangriff auf ihre Nachgeborenen- und Nachbarschaftswelt, auf den oberen Stufen der Kellertreppen zu ihren Erdgeschosswohnungen und auf den Bänken vor ihren ehemals eigenen Häusern verbracht haben, wobei sie sich nach Zurkenntnisnahme des gerade Abgelauschten und Verstandenen sofort zu den jeweiligen Frieda, Berta, Lore zu begeben pflegten, um sich über das eben Gehörte ins Benehmen zu setzen, woraus die schönsten Mini-Mythen, Sagen und Orakel entstanden sind – nämlich ihre ganz private Art magischen Denkens, ein Ausbüchsen vom

alltäglichen Denkrad, den Denkbeuteln, *Kopfbeuteln*, ein Wegfahren aus den regulären Gesprächsmustern und Verantwortlichkeiten, rein in ihr ganz eigen strukturiertes Geschwätz und Gewäsch. Auf gewisse Weise sind sie durch ihr Beschwatzen aber auch geradezu in ebendiese Verantwortlichkeiten hineingefahren, haben sie in gewendeter, abgewandelter, leicht verzauberter Form besprochen und durchgewalkt, was einmal in einer blitzschnellen Aktion von deinem jüngsten Onkel durch die angelehnte Schlafzimmertür deiner Großeltern per in die Luft gehaltenem Mikrofon auf Tonband aufgenommen wurde und, wie sich dabei herausstellte, mindestens in Teilen so magisch, im landläufigen Sinne von *abwegig*, gar nicht gewesen ist.

Die drei Treppen- und Bankweibsen.
Auftritt der Bankweiber!, befahl der Hase.

Da sei ein Engel gewesen, habe deine Urgroßmutter gesagt, habe der jüngste ihrer Enkel hinter der Schlafzimmertür gehört und aufgenommen, sagte der Hase.

In der Nacht, bevor ihr Erstgeborenes gestorben ist, sei ein Engel durchs Zimmerfenster *hereingeschwebt gekommen* und habe ihren Erstgeborenen *aus dem Zimmerfenster hinausgetragen* oder sei *mit ihm zusammen durchs Zimmerfenster nach draußen geflogen* oder aber habe ihn mit Schwung *zum Fenster hinausgeworfen*, so genau wisse man es nicht mehr, die Tonaufnahme, sagen die Brüder und Enkelsöhne oder Onkel, sei leider verschollen.

Dass die Nachbarin Berta ganz andere Sorgen habe, habe die Nachbarin Berta auf der Tonaufnahme dazwischengerufen, berichtete der Hase, in ihrem Nachbargarten liege den ganzen Sommer schon eine bestürzend unbekleidete junge Frau *halber* nackt, halber *neckig* in Sichtweite auf der Wiese, mit nichts als einem *Fetzen* Stoff am Leib, einem dieser entsetzlichen *Bikinis*, die sich die jungen *Dinger (Denger)* momentan überall aus den Gazetten, Prospekten und Schmierblättern abgucken täten, habe die Berta gewettert, mit *Dreckbolla* wolle sie nach ihr werfen, vielmehr mit *Dreckbolla solle mal einer* nach ihr werfen, habe die Nachbarin aus ihrer Kleingartenwelt berichtend regelrecht *entgeistert* eingeworfen, erzählten die Tonband-Brüder, sagte der Hase, aber dann habe die Lore Hirschburger den von solchen entgeisterten Alltäglichkeiten eigentlich ganz freien, per verschollenem Tonband aufgenommenen Schwatz umgehend wieder Richtung Übersinnlichkeit umgelenkt, indem sie von einer weiteren Cousine berichtete, die ihr kürzlich erzählt habe: dass ihr am Bodensee ein Haufen schwebender Nonnen erschienen sei.

Mit wiederum anderen Cousinen, Freundinnen oder, ich sage mal, sagte der Hase, *Mantelfahrerinnen* (Ausflüglerinnen) auf einer Promenadentreppe am Bodensee sitzend, habe diese Cousine einen *säuselnden Wind* vernommen, der dann stärker geworden und geradezu *über sie gekommen* sei, ein *Gesang* habe sich daraufhin aus dem Wind erhoben, und durch den leichten Nebel über dem See sei schließlich eine Schar Nonnen schwebend geradewegs *auf sie zugefahren gekommen*.

Spätere Nachforschungen, sagen die Tonband-Onkels, ergaben, an dieser Stelle habe sich einige hundert bis tausend Jahre vor der Erscheinung der Cousine der Lore Hirschburger tatsächlich ein Frauenkloster befunden.

Eventuell, sagen die Aufzeichnungen, war da mal ein Kloster.

Angeblich, laut einer Erwähnung in den Gattnauer Chroniken aus dem 9. Jahrhundert, habe da mal ein Frauenkloster gestanden.

Ein Graf Adalbert nämlich, habe ich nachgeschlagen, sagte der Hase, ist im Jahr 810 in Seenot geraten und habe gelobt, *wo er heil an Land kommen würde, der Gottesmutter ein Kloster und ein Bethaus zu errichten*. Noch bis ins Jahr 1700 sollen Grabkreuze aus dem Wasser geragt haben und unter Wasser Mauerreste des Klosters sichtbar gewesen sein. Im Jahr 1930 trat bei der Erneuerung einer Ufermauer ein Findling zutage, der sich kaum anders als aus einer Klostervergangenheit erklären lässt.

Allerdings, sagte der Hase, spricht gegen die Theorie eines Klosters, dass besagter Standort des Gebäudes selbst bei Niedrigwasser im Winter zwischen zwei und vier Metern Tiefe im See gelegen haben müsste, sodass das Kloster auf hohen Pfählen hätte stehen müssen. Außerdem liegen dem für die Region ebenfalls zuständigen Stiftsarchiv des heutigen Bistums St. Gallen keinerlei Aufzeichnungen über die einstige Existenz eines Frauenklosters in Nonnenhorn vor, wo sich die Erscheinung laut der Cousine zugetragen haben soll.

Also so ist es wohl.

Aber es gibt eben auch die Tonaufnahme, die es einmal gab, von einem im Traum gesichteten, in die Nacht fliegenden Kind, das am nächsten Morgen leblos war, und von am helllichten Tage gesichteten schwebenden Nonnen im Nebel über einem See, Engel auf verschwundenen Tonbändern gibt es, das Unwahrscheinliche im Verschollenen, und so weiter, und also: Wer weiß?

Zwischen diese drei Weibsen und ihre geisterhaft schwebenden Visionen und Fabulationen jedenfalls hätte ich deine Großmutter probeweise oder für den Sowiesobedarf gerne einmal hingeschoben, durch ein verstecktes Loch in einer solchen Hecke oder eines der Wurmgewinde in ihrem Marmortisch mitten in den Bottich dieser anderen, vielköpfigen Familienseite oder -saga mit ihren herzlich belächelten, herzhaft belachten wie andererseits liebevoll erinnerten Frauen einmal hineinbugsieren wollen. Wo sie sturzoffen mit herumbeuteln und palavern, fantasieren oder sich meinetwegen nach den ersten Malen unversöhnlich zerstreiten und die Teilnahme an weiteren Zusammenkünften mit den Dreiweibsen empört hätte ablehnen können. Aber ein Wurmloch zu der Treppen- und Bankwelt hätte ich ihr als Option gerne zur Verfügung gestellt, sagte der Hase. *Vielleicht hätte es* ihr *damals,* schreibt Friederike Mayröcker, sagte der Hase, *zu etwas wie einem letzten Gefühl von Tröstung oder Geborgenheit verholfen*. Etwas Behaglichem, meine ich, sagte der Hase.

Und damit auch, sagte er weiter, zu einem Schlupfloch in einen Erinnerungsbereich, in dem ein Mobile, eine Chronik mit offeneren Ösen, Strängen, Fäden, also Möglichkeiten gehangen hätte, in dem sie nicht nur und eindeutig Tochter einer eindeutigen Nazifrau, Schwester eines Ultranazis und eindeutig die *Frau an der Seite* eines sie charmant überragenden, überlagernden Ehemanns gewesen wäre, nicht die eindeutig Trübere, Andere, Zweite oder Schwiegermutter und Mutter im Erdgeschoss, denn das soll sie nicht gewesen sein, nicht nur gewesen sein, das soll es nicht gewesen sein für sie, und da sollten alle Erinnerungsleute auch mitmachen dran, und das wissen die auch, bin ich sicher, in den tieferen Schichten ihrer Kopf- oder Herzbeutel.

Am Ende, übernahm ich den Faden vom Hasen, kommt von dieser Großmutter vielleicht auch ein Stück meines Umziehens und Herumziehens. Aus ihr viel haltloser, mir viel freier erscheinenden Gründen, am offenkundigsten ohne Hochrad-großen Ehemann, der ihr Herumziehen ja letztlich gelenkt oder eingerichtet hat, daraus eben vielleicht ihr Wundern darüber, wie und weshalb ich das im Alleingang getan habe mit meinem von ihr ständig hinterfragten, eigenen Kühlschrank und allem anderen ihr verständlicherweise unverständlichen Kram, aber dass sich von der Konsistenz ihres Lebens bis zu seinem Anwurzeln in der Erdgeschosswohnung etwas auf meines übertragen hat, könnte sein. Eine Lust an der Unruhe und das Wehren dagegen, das Ringen und Winden und nicht wissen wohin, *welchen Tag haben wir, Dienstag, gut, aber wozu*, und aus diesem Winden ein innerer Abstand zu den eigenen kleineren und größeren Verhältnissen, Konstellationen, Dynamiken, ein Abstand zur eigenen Sippe auch – sitzen wir am Ende nebeneinander, diese Großmutter und ich, alle naselang in Unterhose auf derselben Treppe oder auf zwei sich ähnelnden Treppen in einigem Abstand voneinander, ohne Hund, ohne Hase, ohne überhaupt irgendein Fell oder Freund, mit unseren vier nackten, praktisch identischen Füßen. Zwei Treppenweiber anderer Sorte.

Ja, sagte der Hase, so kann man das sagen.

Also hat auch die Donnerkeil-Oma davon gewusst.
Hat die Donnerkeil-Oma, anders als die mit allen kleinen und größeren Personen um sie herum so stark verzweigte andere, das Gefühl von innen her gekannt. Nur wegen ihres insgeheimen Abgetrenntseins und inneren Abseitsstehens, eben ihres eigenen auf der Treppe Sitzens wegen ganz anders, dunkler darauf reagiert als die Helle mit ihrer ganzen mühelosen Liebe. Und ist am Ende auch das Rebellische, in Form dieses Abgetrennt- und Trotzigseins gegen die eigenen Umstände, doch nicht nur vom Erich und seinem wilden, singenden Charme gekommen, sondern auch von dieser wunderen, verwundeneren Großmutter, nur sehr viel leiser, schweigsam, verschwiegen, ganz still eigentlich.

Ich nahm mir einen Bleistift von der Deckenablage des Strichfliegers und schrieb ins Logbuch, *Liebe Oma*, schrieb ich.
Himmel!, rief der Hase und verzog die Nase.
Jetzt lass mich!, schrie ich und schrieb sofort weiter:

Liebe Oma,
ich rauche und trinke und schlafe, wann ich will. Vielleicht, stelle ich mir vor, wärst du neidisch auf mich, ich bin relativ frei, ich glaube, dir würde das auch gefallen. Ich bin immer noch schwierig. Aber ich wachse, immer ein Stückchen, wahrscheinlich weiter in mich rein. Es geht mir gut. Ich wüsste gerne, dass du weißt, ich schreibe. Noch in dem Jahr, als du gestorben bist, habe ich das erste Buch fertig geschrieben. Es ist längst nicht mehr alles so unklar wie damals. Die Aussicht darauf hätte ich dir lieber noch mitgegeben. Du hast einen Urenkel. (Du hast eigentlich zwei, bald drei, aber von den andern beiden weiß ich fast nichts.) Die Kathrin ist immer noch leichter, vielleicht nachvollziehbarer als ich. Sie haben ein gro-

ßes Grundstück mit zwei Teichen im Dorf hinterm Berg und sind glücklich. Der Flo ist immer noch zuhause. Er hat einen Baum. In deiner Bude ist alles voller Gipsstaub. Die Küche steht voller Vasen. Man könnte sagen, er ist bei sich *geblieben. Du weißt sowieso. Dein Sohn ist noch immer ziemlich verschwiegen, aber ich glaube, zufrieden und im Herzen ein verschlafener Punk. Er hat einen Schlaganfall gut überstanden. In deiner Dose ist immer noch Zimt. Ich wusste nicht, wie viel auf dich zulaufen würde, als ich mit dem Text hier begonnen habe. Du wirst das vielleicht nicht verstehen, aber ich sitze eigentlich immer neben dir auf einer Treppe, das* Kronos Quartet *spielt* The Beatitudes, *ab und an fliegt eine seltsam kelchförmige Feder vorbei, die wir beide von unseren jeweiligen, wenn auch vielleicht entfernten Treppenplätzen (Sternörtern) aus sehen, und in greifbarer Nähe neben dir liegt eine sehr kleine, goldene Tuba.*

Du solltest dich was schämen, sagte der Hase.
Tat ich aber nicht.

Kurz war Ruhe.

Aber die ist ein Geist, hakte der Hase dann nach, die weiß das alles.
Und wenn es aber so ist, sagte ich, dass Geister ein nicht körperliches, nicht konkretes oder signifikantes Wissen von den Dingen haben, sondern mehr wabernde Ahnungen zu den Aggregatzuständen auf der Erde – beispielsweise hätte die Oma eine Ahnung von zwei Teichen und könnte sie aber nicht einordnen, in ihrer Wahrnehmung könnten die Teiche auch Tränen sein, oder ein Meer, oder ein Meer aus Tränen, was von Zeit zu Zeit, mindestens bei dieser Großmutter, stelle ich mir vor, auch wenn sie keinen Körper

mehr hat, eine letztlich doch existentielle Unruhe auslösen könnte –, dann helfe ich ihr mit diesen Stichpunkten doch, ihre Ahnungen zu sortieren, denke ich. Ich denke, Stichpunkte reichen, der Rest kommt von selbst zu ihr. Nein?
Doch.
Ok.

Ohne ein weiteres Wort waren wir uns einig, unsere Zeit im Himmel war vorbei, der Strichflieger musste nach Hause. Auf dem Rückweg zur Erde kreuzten wir noch einmal den schalltoten Raum, nichts führte daran vorbei, er war selbst auf Trilliarden kosmischer Kilometer zu aufdringlich, unvermeidbar. Seine Infrastrukturen waren noch immer in Aufruhr, sie kragten widerborstig aus allen Enden des vollends verbeulten, ganz und gar amorphen Gebildes, das von weiter weg aussah wie ein großer blauer Fleck im All. Kein Wunder.
Kein Wunder, sagte der Hase, das kann auch noch eine Million Jahre dauern.

Wir setzten zu einer sanften Landung an, die gelang aber nicht, also rammten wir die Fliegerschnauze schlussendlich frontal in einen Sandhaufen. Es staubte. Dem Hasen hing ein Ohr im Gesicht, es klemmte unter der scheps über seinem Kopf verrutschten Fliegerbrille und hatte jetzt mittig einen Knick, sonst alles heil. Wir schnallten ab.

Also Savanne.
Vor uns stand, als hätte sie sich nicht vom Fleck gerührt oder gar auf uns gewartet, in überragender Schönheit dieselbe Giraffe, die uns vor Abflug schon so baff gemacht hatte. Wir legten die Köpfe in den Nacken. Plötzlich setzte sich das Tier in Bewegung. Unsere Kinnladen klappten nach unten. Wie von Zauberhand beschleunigte die ganze schlaksige Eleganz innerhalb kürzester Distanz auf schätzungsweise 60 Kilometer pro Stunde und begann dabei auf eigenartigste Weise zu schweben, ein baumhohes Hoverboard über dem Wüstensand, und als wäre das nicht schon erstaunlich genug, schien das Tier in der Bewegung die Zeit aufzuheben. Alle vier seiner spannenlangen Gliedmaßen

wirkten unfassbar langsam, wie verschoben, wobei sich das Tier insgesamt im Flug entfernte, und mit jedem zerdehnten Meter tauchte es alles um sich herum in Zeitlupe. Selbst der Wind hielt die Luft an.

Nur der Hase warf den Bann sofort ab, packte die Gelegenheit beim Schopf und balgte im Affenzahn der Giraffe hinterher. Allein an den Sandwölkchen, die in schnell wechselnden Abständen über der Steppe aufstoben, konnte ich ausmachen, wo zur Sekunde er sich ungefähr befand. Bald waren beide außer Sichtweite.

Ich setzte mich unter einen Baobab und dachte über Zeit nach.
Sofort schlief ich ein.
Dabei hatte ich drei Träume rückwärts:

Drei: Von den Umrissen des Kontinents, den ein Spiegelei bildet, wenn es in der Pfanne landet. Ein Eiland.

Zwei: Direkt hintereinander träumte ich von einer pilzförmig explodierenden Apokalypse und der Ankündigung der Geburt eines Mädchens. Als während des für diesen Moment festgelegten, nicht nur absehbaren, sondern glasklar vereinbarten Infernos der für diese Stelle vorgesehene Bomber langsam und zielsicher zu der Betonebene herunterkam, auf der wir uns befanden, lag ich quer auf dem Bauch meines mir nicht besonders gut bekannten, angeheirateten Onkels, eine Cousine meiner Ma war ebenfalls da, ich wusste nicht, warum, aber alles stimmte, die beiden waren Hypochonder, ansonsten waren wir uns einig, traurig und bedauernd, trotzdem einsichtig, abgeklärt und still, und als der Bomber tat, was zu tun war, und es heiß und eindeutig wurde, sagte ich so, dass nur Matthes es hören konnte, etwas, das genau für Matthes bestimmt war, dann löste sich alles wie vorgesehen ein und auf. Das mit der angekündigten Geburt hatte völlig fraglos weiterhin seine Gültigkeit, beide Episoden machten mich annähernd gleichwertig glücklich.

Eins: Aus einem Sessellift über einer unkontrolliert pulsierenden, gähnend tiefen Landschaft rutschte mir eine Socke vom Fuß und fiel still in die Tiefe. Mein Fuß war nackt. Der Lift drohte ständig zu kippen und mich frontal zu entladen. Irgendwann fiel ich wohl. Hinterher sagte ich zur Anführerin der kreischend über mich lachenden, verflossenen Freundinnen: Aber ich verliere viel weniger als früher. Ich hatte recht. Sie nicht.

Ich wachte auf. Aus dem Schlitz meiner sich widerwillig öffnenden Augen sah ich, wie der Hase als kleines Knäuel mit leicht abstehenden Elementen aus der Ferne zurückkam. Bald war er da, verdreckt und zerzaust, aber fröhlich. Er fiel mir in den Schoß. Blieb aber nicht lang, stand wieder auf und machte sich geschäftig daran, mit Versatzstücken aus dem Ersatzteillager des Strichfliegers ein schiefes DJ-Pult unter den Baum zu zimmern. Zuletzt wuchtete er ein Notstromaggregat samt Boxenturm aus dem Flugzeugbauch, dann legte er los. Ich erkannte den Song in der zweiten Sekunde, die Beats flogen weit und breit über die flache Steppe, alles begann zu simmern (wummern).

And we build up castles, sang der Hase, *in the sky and in the sand, design our own world, ain't nobody understand* – hier hob er beide Pfoten und sah mir über den Rand seines Musiktisches, den er geradeso überragte, direkt in die Augen –

I found myself alive in the palm of your hand, as long as we are flyin' all this world ain't got no end.

Ich war vor Rührung fast hinüber.
Der Baobab schüttelte sich im Wind.
Wir tanzten.

Über den Tanzflur unterm Steppenhimmel brüllten wir uns die nächste Strophe entgegen:

In the daytime
You will find me by your side
Tryin' to do my best
And tryin' to make things right
When it all turns wrong
There's no fault but mine
But it won't hit hard
'Cause you let me shine

And we build up castles
In the sky and in the sand
Design our own world
Ain't nobody understand
I found myself alive
In the palm of your hand
As long as we are flyin'
All this world ain't got no end

Die Zeiten des Fliegens und die Zeiten des Stürzens, Zeiten des Wachsens und Zeiten des Schrumpfens, die Zeiten der Aufruhr und die Zeiten der Ruhe. Alle unüberschaubar vielfältigen Ausprägungen beckenartig ausgedehnter, brocken- und keilförmiger oder schleierhafter Phasen von

Zeit, und wie schlecht sich ausmachen ließ, in welcher davon man sich momentan befand. Die lang zurückliegenden Momente des Klaffens und das eben erst erfahrene Klaffen, wie es immer wieder klaffte, wo man doch dachte, so was kommt nicht wieder vor. Eine aus Kupfer gegossene Form. Wie sich ebenso schlecht einschätzen ließ, wie lange es dauerte, bis man ein Klaffen überstand, bis es sich ausschlich und verschwand. Ob die Welt sich das auch manchmal dachte. Wie das auf alle Arten von Infrastrukturen in allen Parzellen und Schachtkammern, Schlafstätten, Wachstätten zutraf. Also quecksilbrig pulsierte, ohne dass jemand sagen konnte, wohin. Ob etwas wie eine Hauptbewegungsrichtung in diesen Dimensionen überhaupt existierte. Die Gelegenheiten, die Reisen, das Vergessen, Wiederholung. Der Wind beim Radfahren, Wind beim Fliegen, das Tauchen, das Rauchen. Dass der Nussbaum vor dem Haus meiner Großeltern sehr lang schon nicht mehr stand. Wie jung mein Neffe war. Dass das hohe Alter meiner Eltern erst begann. Wie ich wohl tatsächlich demnächst vierzig wurde. Dass das *Jahr des Hasen*, dachte ich, bereits vorüber sein würde, wenn das Buch auch außen zu existieren beginnt, dass ich das *Jahr des Hasen*, auch wenn ich es kalendarisch gar nicht angesteuert hatte, ihm nur durch einen Zufall in der Zeit begegnet war, mit dem Hasen allein verbracht haben werde, ganz unter uns, sagte ich mir, wie das Buch dieser Zeit also hinterherfallen würde, wie eigentlich alle Bücher verspätet aus der Zeit herausfielen, in Stößen, Stapeln, Stürzen, und dann, ob Schreiben nicht selbst ein aus der Zeit Fallen ist, oder sein Gegenteil, oder beides zugleich, zugleich eine permanente Zeiterzeugung, -zerlegung und -behauung, neben den bestehenden regelhaften Grammatiken von Präsens, Präteritum, Perfekt usw., eine Zeitform für sich – wie eine extra codierte Spur auf einem Tonträger vielleicht. Die Zeiträtsel, Kreuzwörter, *coriander stem and rose of hay, hay, hay,* die Hände meines Großvaters, die Hosen meiner Oma, wohin die Toten gehen, ob Friede ein Ort ist.

Kümmer dich um meine Kinderle, versprichsch mir des?, hatte die Oma meiner Ma an ihrem Sterbebett gesagt, erzählte mir meine Ma am Telefon an meinem vorvorletzten Geburtstag. Dass sie da Gift drauf nehmen könne, hat meine Ma ihr geantwortet.
Dass sie das jetzt gar nicht mehr brauche, habe die Oma dann gesagt, und wie daraufhin beide *an Schocha 'naus g'lacht hen.*

Ein *Schochen,* lese ich nach, steht im Schwäbischen für einen großen Strohhaufen, zu dem ich mir die entsprechende, selbstverständlich lichtdurchflutete Scheune denke, und wie meine Ma und ihre Mutter also kurz vor dem Ende (Weggehen) meiner Oma mit Mündern, groß und weit offen wie Scheunentore, da am Bett sitzen, im Bett liegen und lachen.

Wie Matthes mir in der großen Hitze, ich meine, im zweiten Sommer, nachts am Küchentisch gegenübersitzt, mit einem nassen, gestreiften Handtuch auf dem Kopf, und einen Song singt, den ich da zum ersten Mal höre: *Keine Ahnung,* singt er, *von gegenüber kommt das Licht,* und *zählt die Zeichen, ein Alphabet hat keine Zahlen, stellt die Weichen, in welche Richtung ist egal, Berichte deiner Reisen haben Fehler provoziert, warum schreibst du den Hasen nicht mit »H«, die Sprache, die du sprichst, ist nicht die Sprache, die du liebst, jetzt steht ein Schloss, wo früher Wiese war,* singt er, und wie ich da zum ersten Mal eine vage Ahnung, Anbahnung davon habe, was eine Hasensprache sein könnte, eine Grammatik des

Hasen, eine Ahnung wie durch ein von gegenüber kommendes Licht.

Ich sehe den Milan über dem Dorf meiner Eltern zwischen zwei Häuser stürzen, fallen, er taucht nicht wieder auf.

Das Driften rückwärts, Driften seitwärts, wie jenseits der eigenen Bewegung durch die Zeit die Zeit selbst permanent Konvulsionen erfuhr oder vollführte (wer konnte das auseinanderhalten, differenzieren, eine Schrittfolge, Pirouette, eine Verrenkung, ein Krampf). Wie sie sich ausstülpte, wölbte, zusammenzog und raffte, Blasen warf, sich auffaltete, mehrspurig wurde, übereinanderlegte, sich über manche Stunden, Tage, Jahre hinzog wie ein langes, stark gespanntes Band, durch andere ziellos herumhing wie einzelne sich langsam aufdröselnde, auflösende Fäden, über manche Phasen raste, randalierte, zu anderen Zeiten stoisch pendelte, dann schlagartig stehenblieb. Wie sie diffundierte und verging. Sich klaffend öffnete, entleerte. Wie sie verloren ging, noch im Verschwinden rumorte, räumlich wurde, manchmal nahezu begehbar, wie sie Kuhlen, Mulden, Buchten bildete, Senken formte, Seen oder Skulpturen voller Pickel, Hauben, Kurven, Beulen, dann wieder zusammenfiel, völlig körperlos dabei, und trotzdem so, als hätte sie einen Virus, der sich ständig variierte, neue Wirte suchte, Lücken, Maschen, Spalte fand, den richtigen Moment erwischte, zugriff, sich in der Zeit verhakte und so untergründig unermüdlich in ihr wirksam blieb. Wie all das zeitgleich großer Quatsch war, wo die Zeit doch eigentlich vollends geist- und absichtslos, gleichbleibend unbeteiligt ihr Ding machte. Ein Teig. Oder Greifvogel. Eine Kritzelei sondergleichen. Ein unbekümmert unsinniges und deepes, dichtes Spinnen, ein Weiterlei und Achso –

Dann hörte ich was.
Aus meinem Kopfinneren schoss ich zur Steppenoberfläche zurück.
Es wird Zeit, sagte der Hase.
Er stand einen halben Meter vor mir und war immer noch zerzaust.
Er hielt mir einen Lolli hin.
Hier ist noch ein Lolli, sagte er.
Wir gingen ein bisschen spazieren.

Ich wollte dir noch was erzählen, sagte ich.
Was?
Was sich neulich erst in meiner Wohnung zugetragen hat.
Schieß los.
Es war Anfang des neuen Jahres, als mein Kaktus zu schimmeln begann. Erst war es nur der Stamm. Also die Bodenknolle, die ohnehin schon immer knorrig und wie von einem kalkartigen Schild bewachsen gewesen ist. Sie wurde faulig und machte bald den Eindruck, als könne sie ihre vielgliedrigen, nach wie vor sattgrünen Auswüchse nicht mehr tragen (stemmen). So nahm ich die größeren Teile vorsichtig vom Stammkaktus ab. Etwas schien unmittelbar zu stimmen, denn die abgelösten Teile ergaben die schönsten Figuren. Erst recht ohne Kenntnis des zuvor intakten Gesamtgewächses bildeten die Ableger eine ganze Kleinkompanie eigenständiger Kaktuspflanzen, ich möchte fast sagen Kaktuspersonen.
In der Küche und im Arbeitszimmer befanden sich ab da:
Ein mit Flügeln und Antennen schwer beladener Hasenengel, betend.
Ein außerordentlicher Flucht-nach-vorn-Hase, der, war ich mir sicher, einmal Olympiateilnehmer gewesen sein musste und so viel Drive hatte, dass man meinen konnte, er würde

jeden Moment mit Anlauf über die Fensterbank nach draußen in den Hof oder gleich in den Himmel rauschen.
Dann ein ganz und gar motivationaler, mit ausgebreiteten Armen jubelnder oder jubilierender Hasenpriester, Hasenprediger oder Bethase.
Halleluja, sagte der Hase.
Und schließlich, sagte ich, ein winziger, grüßender Ableger, der Ähnlichkeiten mit R2D2 hatte und leider auch ein wenig mit einem unbeholfenen, sehr kleinen Nazi.
Bis auf diesen einen sind aber also wundersamerweise in der Ablösung oder Auslösung vom Stamm lauter Hasenartige nacheinander aus der ursprünglichen Kaktusform herausgefallen.
Hm, machte der Hase, und das ist nicht vielleicht eine prävirulente, prädisponierte Maserung deiner Wahrnehmung, also Einbildung gewesen?
Ist es nicht!, rief ich, Ich schwöre!
Nur warum die alle betend, übertrieben motiviert oder potenziell stark ideologisch unterwegs gewesen sind, kann ich mir nicht erklären. Es war jedenfalls eine auffällig sinnstiftende, wenngleich teilweise fragwürdige, nichtsdestoweniger niedliche Parade, die da im Frühjahr in meinen Zimmern Einzug gehalten hat, einmarschiert, gewissermaßen aufgeschlagen ist. Wo sie doch eigentlich die ganze Zeit über im ursprünglichen Kaktusformat schon dort gewesen und langsam vor meinen Augen herangewachsen war, nur in weniger erkennbarer Form, wie verborgen. Musste ich sie also erst auslösen und vereinzeln, damit sie sich als Hasenartige zu erkennen gegeben haben, denke ich.
Etwa um die Zeit, als in ihren Töpfchen und Tässchen alle Kleinkakteen einen neuen Platz gefunden hatten, fand ich während eines Telefonats mit Jule heraus, dass die Kakteenart *(Opuntia microdasys)*, die mich jetzt so lange auf Trab

gehalten hatte, umgangssprachlich tatsächlich auch Hasenohrkaktus genannt wird. *Ach was!*, hat Jule am Telefon gerufen.
Ach was!, rief der Hase, also wirklich Verwandtschaft.
Ja, sagte ich, als hätten Isi und du eine Familie gemacht.
Die ist aber nicht lange geblieben, erzählte ich weiter.
Denn die Stämmchen der Ableger waren doch nicht so gesund, wie sie zunächst wirkten. Nach und nach begannen sie ihre Form zu verändern und wurden von Tag zu Tag schlapper und kleiner. Dann fielen ihre Gliedmaßen ab, eine nach der nächsten, jedes Ohr, alle Antennen, Arme und Händchen, alle Knöpfchen, Köpfchen, Knöspchen und Puschel, bis schließlich nur noch maximal zweigliedrige Einzelteile vom ehemals weit verzweigten Kaktus übriggeblieben sind.
Wie traurig, sagte der Hase.
Ja, sagte ich.
Aber eine Handvoll Gliederchen konnte ich eben retten. Sie sind zwar ganz vereinzelt und gar nicht mehr hasenartig, aber wer weiß, das kann ja wieder werden. Hasen machen ja verhältnismäßig häufig neue Hasen.
Ist das jetzt wieder irgendwie poetologisch-metaphorisch?, fragte der Hase.
Nein, sagte ich, es ist nur eine kleine Geschichte, den Rest kann man sich selber denken.

Zuallerletzt, sagte ich, ist dann auch der grüßende Sukkulenten-Roboter auf der Fensterbank in der Küche geschrumpft. Er ist immer kleiner geworden und in sich zusammengesunken, bis es aussah, als sei ihm sein Grüßarm oder Baseballschläger zu schwer geworden und er wäre, ohne loslassen zu können, an dessen Gewicht, an der sinkenden Schwere seines Arms oder Baseballschlägers auf Gedeih und Verderb dranhängend, immer weiter zu Boden gegangen. Noch etwas später hat er dann praktisch gar keine Gegenwart mehr gehabt.
Das ist zu traurig, sagte der Hase, so können wir unmöglich aufhören.

Eine Weile dachten wir ratlos nach.
Savanne.
Ich könnte noch was singen, sagte der Hase.
Wird das nicht ein bisschen viel Musik?, fragte ich.
Niemals, sagte der Hase, Filme haben auch mehr als einen Song im Abspann. Ich habe auch was Passendes, das hätte ich dir längst schon erzählt, wenn du nicht immer so viel nachdenken würdest.
Nämlich nachdem ich die Giraffe im Affenzahn verloren hatte, setzte ich mich kurz zur Ruhe und wartete, bis meine Sandwölkchen sich gelegt hatten. Hinter dem letzten Wölkchen erschien mir der weltbekannte Singengel Peter Gabriel. Sofort sang er ein Lied für uns. Es ging so:

The book of love is long and boring
No one can lift the damn thing
It's full of charts and facts and figures
and instructions for dancing

but I
I love it when you read to me
and you
you can read me anything
The book of love has music in it
In fact that's where music comes from
Some of it's just transcendental
Some of it's just really dumb

but I
I love it when you sing to me
and you
you can sing me anything

The book of love is long and boring
and written very long ago
It's full of flowers
and heartshaped boxes
and things we're all too young to know

Dann hat er noch was von *wedding rings* gesungen, sagte der Hase, aber das fand ich zu kitschig, und das passt auch nicht gut zu deinem Privatstrand mit Matthes, dachte ich.
Schon ok, sagte ich. Einen *wedding ring* brauche ich auch nicht unbedingt. Es ist übrigens auch der Mondstein-Ring meiner Oma wieder aufgetaucht. Er hatte sich in dem kleinen Bastkörbchen im Bad ganz hinten zwischen zwei Stäbchen verklemmt und war die ganze Zeit über also nur unsichtbar, nicht verschwunden. Und den Matthes habe ich in einer sternhagelvollen Nacht auf Sardinien vorletztes Jahr für eine Nacht zum Spaß mit mir verlobt, also ist das auch erledigt.
Gut, sagte der Hase. Dann war's das jetzt, oder?
Ich denke, sagte ich.
Haben wir uns doch ganz schön weit vorgemoppelt.
Ja, sagte ich.
Jetzt steht ein Haus, wo früher Wiese war.
Ja.
Am Anfang hast du gesagt, wenn das alles gewesen ist, ziehst du aus.
Ja.
Und?
Ich bleibe noch ein bisschen.
Gut, sagte der Hase.

Dann begaben wir uns zum Rand der Steppe und machten, was wir uns fürs Ende vorgenommen hatten. Der Hase zog seine Fliegerkappe auf. *Ope, there goes gravity,* sagte er leise. Ich nahm ihn fest um den Bauch und warf ihn mit aller Kraft in meinen kleinen Armen vom Steppenrand Richtung Alpha Leporis. Das hatte er sich gewünscht. *Ade,* rief er im Abflug, *ade!* Mit meinem Fernrohr sah ich ihn auf einer elliptischen Kurve durchs All segeln, im Anstieg kleiner werden, punktförmig, bis fast zum Verschwinden, dann am Scheitelpunkt wenden und sich im Absinken wieder materialisieren, bis er schließlich im Lichthof des Hasensterns landete (versank). Ich justierte das Objektiv. Der Stern nickte und blinkte. Der Hase winkte. Vom Himmel fiel fliederner Regen.

*Manifester Soundtrack**
International Music, Für Alles
R. E. M., Find The River
Phosphorescent, C'est La Vie No.2
Dynoro feat. Gigi D'Agostino, In My Mind
Simon and Garfunkel, Cecilia
Vladimir Martynov/Kronos Quartet, The Beatitudes
Ondara, Saying Goodbye
Buntspecht, Unter den Masken
Billie Eilish, Getting Older
Prince, Purple Rain (Live in Syracuse 1985)
Pixies, Where Is My Mind?
Paul & Fritz Kalkbrenner, Sky and Sand
Peter Gabriel, The Book Of Love
Eminem, Lose Yourself

Subkutaner Soundtrack
The Beatles, Two of Us (Traumblock 1, Traum 2)
Brian Eno & John Cale, Spinning Away (Traumblock 1, Traum 5)
Billie Eilish, Bad Guy *(DUH!)*
Dire Straits, Sultans Of Swing (Hasen-Ansprache)
Johann Sebastian Bach/Glenn Gould, Goldberg-Variationen
(Strichflieger, St. Paul's Anglican Church)

* Jeweils, auch in den anderen Listen,
nach Reihenfolge ihres Auftauchens, Auftretens.

Zitierte Texte
Friederike Mayröcker: Wespennest, Sonderheft
Wikipedia: Löwenmäuler
Wikipedia: Belemniten (Donnerkeile)
Enzyklothek Hundstägige Erquickstund
Wikipedia: Neumünder, Urmünder
Antonin Artaud: Van Gogh, der Selbstmörder durch die Gesellschaft
Valère Novarina: Die Rede an die Tiere, Teil 2: Die Unruhe
W. G. Sebald: Schwindel. Gefühle
Roland Barthes: Cy Twombly
Wikipedia: Perpetuum Mobile
Wikipedia: verschiedene Sterneinträge
Friederike Mayröcker: mein Herz mein Zimmer mein Name
Wikipedia: Grönlandhai
Wikipedia: Hag & Hexen

Bilder
Musikvideostills Buntspecht, Unter den Masken: YouTube
Friede Kessler & Regine Kames (geb. Kessler): privat
leidende Frucht: Paul Klee
Illustration OHH: Paula Troxler
Sternbild Lepus: Wikipedia
Zeichnung Hase, Twice the Charm: Christoph Matthes
Erich Anton & Maren Kames: privat
Musikvideostill Christine and the Queens, Paradis Perdus: YouTube
Erich Anton & Florian Kames: privat
Wandleute & Affenfuß: privat
Kraken-Graffito, Motiv & Foto: Jule Tautz
Kakteen: privat

In ARCHIV VON WAS ICH LIEBE II verstreute Referenzen auf Inszenierungen der Volksbühne Berlin gegen Ende der Castorf-Intendanz von 2015 bis 2017; hier und anderswo herumgondelnde, lose Bezüge zu La Grande Bellezza (Paolo Sorrentino) und Everything Everywhere All at Once (The Daniels): kann sein.

Weitere Dabei-Bücher (Reisebibliothek)
Olga Tokarczuk: Ur und andere Zeiten
Olivia Laing: Funny Weather. Art in an Emergency
Wolfram Lotz: Heilige Schrift I
Sheila Heti: Motherhood & Pure Colour
Ricarda Kiel: Tante Alles &
Kommt her ihr Heinis ich will euch trösten
Ernst Herbeck: Der Hase!!!!
Mona Chollet: Hexen. Die unbesiegte Macht der Frauen

Begleitender Soundtrack (Auswahl)
Superpoze, Opening
Cinematic Orchestra, To Build A Home
Lost Horizons/Simon Raymonde/Ghostpoet, Reckless
The Magnetic Fields, The Dreaming Moon
Efterklang, Dreams Today
Elbow, Any Day Now
Crosby, Stills & Nash, Helplessly Hoping
Johann Sebastian Bach, Kantate BWV 147, Herz und Mund und Tat und Leben
Peter Broderick, Eyes Closed And Traveling
Mine/Sophie Hunger, Hinüber
Cristobal Tapia De Veer, Renaissance (The White Lotus, Staffel 2, Soundtrack)
Trent Reznor/Atticus Ross, The Start of Things (Mid90s Soundtrack)
Jon Brion: Row (Eternal Sunshine of the Spotless Mind, Soundtrack)
Barclay James Harvest, Hymn
Angel Olsen, Go Home
Chapelier Fou, Les métamorphoses du vide

Ansonsten danke,
für den ganzen ganz genauen Enthusiasmus, Thomas Köck,
Ghostpoet <3,
Fabian Thomas für die knallgelbe Tasche, die Konstanz und alles,
Jule, Paul, Lukas, Gerhild und Johannes, danke
für die Lust am Text und das Nest,
der ganzen Bagage für verschiedene Durchhaltebeschwörungen
am Rand unserer Küchen-, Park- und Wohnzimmernächte
und für die Küchen-, Park- und Wohnzimmernächte.
Danke Alex, Caro und meiner Tante Suse als periphere Prüfsterne,
Martina Wunderer fürs Vertrauen und Zutrauen, das Immer-Dabeisein und die unermüdliche Varianz an Grüßen in Hasensprache unter unseren E-Mails,
Mimi Wulz und Elisabeth Ruge, danke für die Begleitung
über die letzten Jahre
sowie dem Berliner Senat und der Jury des Literaturstipendiums,
ohne die das alles auch finanziell ein kosmischer Witz gewesen wäre.

Für alles andere: Mama, Papa,
Flo, Kathrin und Theo,
Matthi (auch für den Hasenleim, für alle Tage und *Für Alles*),
und allen (meinen) Omas, Opas danke sowieso.

Quellennachweise

S. 7: »Keine Ahnung … Licht«, International Music: *Für Alles*, Album: *Die besten Jahre*, Staatsakt 2018. Urheber: Peter Rubel, Pedro Goncalves Crescenti, Joel Roters. Verlage: Summen & Score Musikverlag / Flex-Ton Musikverlag.
S. 7: »das verzweigte … wieder los!«, Friederike Mayröcker, in: Bernhard Kraller (Hrsg.): *Friederike Mayröcker – die herrschenden Zustände*, Wespennest Sonderheft, Wien 1999, S. 46.
S. 9: »There is nothing … your way.«, R.E.M.: *Find The River*, Album: *Automatic for the People*, Warner Bros. Records 1992. Musik & Text: William Thomas Berry, Peter Buck, Michael E. Mills, John Michael Stipe. © Night Garden Music / Universal Tunes / Universal/MCA Music Publishing GmbH.
S. 18: »*strength and courage … naïveté*«, dies., ebd.
S. 30: »*coriander stem … hay*«, dies., ebd.
S. 31: »*C'est la vie*«, »*C'est la vie … that means*«, »*alright … la vie*« und »*C'est … she says*«, Phosphorescent: *C'est La Vie No.2*, Album: *C'est La Vie*, Dead Oceans 2018.
S. 31 ff.: zu Löwenmäulchen vgl.: Wikipedia-Eintrag »Löwenmäuler«, https://de.wikipedia.org/wiki/L%C3%B6wenm%C3%A4uler (zuletzt abgerufen: November 2023).
S. 34ff.: zu Belemniten vgl.: Wikipedia-Eintrag »Belemniten«, https://de.wikipedia.org/wiki/Belemniten (zuletzt abgerufen: November 2023).
S. 37: »*daß, wofern … bringet*« und ergänzende Informationen zu Donnerkeilen vgl.: Torsten Purle: *Donnerkeil*, https://www.steine-und-minerale.de/atlas.php?f=4&l=D&name=Donnerkeil (zuletzt abgerufen: November 2023).
S. 37: »*Das ist … Schönwettern*«, vgl.: https://www.enzyklothek.de/werk/maioli-1650-–-hundstagige-erquickstund-9d13279d-ec77-4b94-9317-f9a3bf2802b9/ (zuletzt abgerufen: November 2023).
S. 40ff.: zu Neumundtieren vgl.: Wikipedia Eintrag »Neumünder«, https://de.wikipedia.org/wiki/Neum%C3%BCnder (zuletzt abgerufen: November 2023).
S. 41 ff.: zu Urmündern vgl.: Wikipedia-Eintrag »Urmünder«, https://de.wikipedia.org/wiki/Urm%C3%BCnder (zuletzt abgerufen: November 2023).

S. 47: »*ginger, lemon … hay*«, R.E.M.: *Find The River*.
S. 55f.: »*ist es nichts Wahnsinniges … malen?*«, Antonin Artaud: *Van Gogh, der Selbstmörder durch die Gesellschaft*, 2. durchgesehene Auflage, Matthes & Seitz, München 1979, S. 12.
S. 57: »*und welche neutralisierenden … entgegenwirken zu können*«, Friederike Mayröcker, *mein Herz mein Zimmer mein Name*, zitiert nach: Klaus Kastberger (Hrsg.): *Friederike Mayröcker, Gesammelte Prosa, Band 3: 1987–1991*, Suhrkamp Verlag, Frankfurt am Main 2001, S. 331.
S. 58: »*an einem jener Abende … Popocatepetl*«, Antonin Artaud: *Van Gogh, der Selbstmörder durch die Gesellschaft*, S. 55.
S. 58: »*there … innocence!*«, abgewandelt aus der Songzeile »*there goes my innocence*«, Ondara: *Saying Goodbye*, Album: *Tales of America*, Verve Forecast 2019.
S. 60f.: »*Von wann stammt … nirgends*«, Valère Novarina: *Die Rede an die Tiere*, Matthes & Seitz, Berlin 2017, S. 62.
S. 61: »dein *verzweigtes, verzwergtes Gehirn*« variiert das Eingangszitat von Friederike Mayröcker, in: Bernhard Kraller (Hrsg.): *Friederike Mayröcker – die herrschenden Zustände*, S. 46.
S. 62: »*mein Herz mein Zimmer*«, anzitierter Titel von Friederike Mayröcker: *mein Herz mein Zimmer mein Name*, Suhrkamp Verlag, Frankfurt am Main 1988.
S. 63: »*Denn du bist verrückt … zu verlieben*«, Buntspecht: *Unter den Masken*, Album: *Draußen im Kopf*, Phat Penguin Records 2019.
S. 63: »*Ernst war mitunter … Mehlspeise stecken*« und »*Viel hätte … Absturz*«, W.G. Sebald: *All'estero*, in: Ders.: *Schwindel. Gefühle.*, S. Fischer Verlag, Frankfurt am Main 2013, S. 48f.
S. 63f.: »*auf den Fußspitzen … beim Zirkus gewesen ist*«, ders., ebd., S. 57f.
S. 65f.: Sämtliche Zitate aus der Fernsehansprache vom 1. August 2022, Verschriftlichung zu finden unter: *Remarks by President Biden on a Successful Counterterrorism Operation in Afghanistan*, https://www.whitehouse.gov/briefing-room/speeches-remarks/2022/08/01/remarks-by-president-biden-on-a-successful-counterterrorism-operation-in-afghanistan/ (zuletzt abgerufen: November 2023).
S. 65: »Experten«, vgl. u. a. https://www.youtube.com/watch?v=2BkLLDJFNe8 (zuletzt abgerufen: November 2023).

S. 66: »*Von uralters*«, Valère Novarina: *Die Rede an die Tiere*, S. 62.
S. 67: »*mir geht … Welt ab*«, abgewandelt aus Friederike Mayröcker: »*es geht mir die Infrastruktur des Gehirns ab*«, in: Bernhard Kraller (Hrsg.): *Friederike Mayröcker – die herrschenden Zustände*, S. 46.
S. 67: »*Can't shake … healing*«, Billie Eilish: *Getting Older*, Album: *Happier Than Ever*, Interscope Records 2021.
S. 67: »*DUH!*«, Billie Eilish: *Bad Guy*, Album: *When We All Fall Asleep, Where Do We Go?*, Interscope Records 2019.
S. 68: »Es ist bekannt … empfinden mag).«, Roland Barthes: *Cy Twombly*, Merve Verlag, Berlin 1983, S. 22.
S. 81: »*ausgedachter, nicht existierender … verrichten sollen*«, Wikipedia-Artikel »Perpetuum mobile«, https://de.wikipedia.org/wiki/Perpetuum_mobile (zuletzt abgerufen: November 2023).
S. 87f.: Vgl. die beiden Dokumentationen *Genius Within: The Inner Life Of Glenn Gould*, Buch und Regie: Michèle Hozer, Peter Raymont, Produktion: White Pine Pictures, ZDF, Kanada, Deutschland 2009 sowie *Glenn Gould: A Portrait*, Buch und Regie: Eric Till, Produktion: Eric Till und Vincent Tovell, Canadian Broadcasting Corporation, Kanada 1985.
S. 88: »*a token of our sounds … our feelings*«, Jimmy Carter, Nachricht auf der Voyager Golden Record, 1977, vgl. u. a. Wikipedia-Artikel »Voyager Golden Record«, https://de.wikipedia.org/wiki/Voyager_Golden_Record (zuletzt abgerufen: November 2023).
S. 90f.: »*uuh-uuh-u-hu-uuh*« bis »*… say it!*«, mitgeschrieben aus dem Live-Auftritt »Prince and The Revolution – Purple Rain (Live in Syracuse, March 30, 1985)«, https://www.youtube.com/watch?v=bm03wqLY3Nc (zuletzt abgerufen: November 2023); Originalsong: Prince: *Purple Rain*, Album: *Purple Rain*, Warner Bros. Records 1984.
S. 92f.: zu Alpha Leporis vgl.: Wikipedia-Eintrag »Hase (Sternbild)«, https://de.wikipedia.org/wiki/Hase_(Sternbild) (zuletzt abgerufen: November 2023).
S. 109f.: »*in dem Maße … empfinden mag)*«, Roland Barthes: *Cy Twombly*, Merve Verlag, Berlin 1983, S. 22.
S. 111: »*die Inschrift und das Auswischen*«, ders., ebd., S. 20.
S. 112: »*Strength and courage … naïveté*«, R.E.M.: *Find The River*.
S. 113: »*es wird Juni … im Abseits*«, Friederike Mayröcker: *mein Herz mein Zimmer mein Name*, zitiert nach: Klaus Kastberger

(Hrsg.): *Friederike Mayröcker, Gesammelte Prosa, Band 3: 1987–1991*, S. 247.
S. 114: »*in einem glühenden Ausmaß … die Morgensonne*«, dies., ebd., S. 223.
S. 114f.: zu Grönlandhai vgl. Wikipedia-Eintrag »Grönlandhai«, https://de.wikipedia.org/wiki/Gr%C3%B6nlandhai (zuletzt abgerufen: November 2023).
S. 116: »*in einem glühenden Ausmaß … die Morgensonne*«, dies., ebd., S. 223.
S. 116: »*solch parasitäres Kunstverfahren*« und »*jetzt tritt mir der Schweiß … parasitäres Kunstverfahren*«, dies., ebd., S. 225f.
S. 117: »*Where is my mind*«, Pixies: *Where Is My Mind*, Album: *Surfer Rosa*, Rough Trade 1988.
S. 117f.: Sprichwort »Mein Name ist Hase« und seine Varianten in anderen Sprachen vgl.: Wikipedia-Artikel »mein Name ist Hase«, https://de.wiktionary.org/wiki/mein_Name_ist_Hase (zuletzt abgerufen: November 2023).
S. 125: »*I'm getting older … well*«, Billie Eilish: *Getting Older*.
S. 127f.: »*wer bin ich denn … nach gekochten Kartoffeln*«, Friederike Mayröcker, *mein Herz mein Zimmer mein Name*, zitiert nach: Klaus Kastberger (Hrsg.): *Friederike Mayröcker, Gesammelte Prosa, Band 3: 1987–1991*, S. 284.
S. 140ff.: zu Hag vgl.: Wikipedia-Artikel »Hag«, https://de.wikipedia.org/wiki/Hag (zuletzt abgerufen: November 2023).
S. 141f.: zu Hexe vgl.: Wikipedia-Artikel »Hexe«, https://de.wikipedia.org/wiki/Hexe (zuletzt abgerufen: November 2023).
S. 146: »*wo er heil … zu errichten*« und Kloster-Recherche vgl.: Wikipedia-Artikel »Nonnenhorn«, https://de.wikipedia.org/wiki/Nonnenhorn (zuletzt abgerufen: November 2023).
S. 147: »*Vielleicht hätte es … Geborgenheit verholfen*«, Friederike Mayröcker, *mein Herz mein Zimmer mein Name*, zitiert nach: Klaus Kastberger (Hrsg.): *Friederike Mayröcker Gesammelte Prosa, Band 3: 1987–1991*, S. 289.
S. 151: »Stichpunkte reichen, der Rest kommt von selbst zu ihr«, anverwandelte Idee und Formulierung aus: Marielle Schavan: *Ein Garten*, in: Karl Wolfgang Flender, Marius Hulpe, Antonia Kalitschke (Hrsg.): *Raumgewinn*, Edition Paechterhaus, Hildesheim 2011, S. 112–118.

S. 155f.: »*And we build up … no end*«, Paul & Fritz Kalkbrenner: *Sky and Sand*, Album: *Berlin Calling*, BPitch Control 2008. Musik: Paul Kalkbrenner/Text: Fritz Kalkbrenner. © Universal Music Publishing GmbH/Edition Maple Songs Berlin/Fondue Music GmbH & Co KG, mit freundlicher Genehmigung von ROBA Music Verlag GmbH.
S. 158: »*coriander stem … hay*«, R.E.M.: *Find The River*.
S. 158: »*Keine Ahnung … Wiese war*«, International Music: *Für Alles*.
S. 170f.: »*The book of love … to know*« und »*wedding rings*«, Peter Gabriel: Coverversion von *The Book Of Love*, Album: *Shall We Dance?*, Casablanca Records 2004; Originalsong und Text: The Magnetic Fields: *The Book Of Love*, Album: *69 Love Songs*, Merge Records 1999. Text und Musik: Stephin Merritt. © Kobalt Music Publishing Ltd.
S. 171: »*Jetzt steht ein … Wiese war*«, International Music: *Für Alles*.
S. 172: »*Ope, there goes gravity*«, Eminem: *Lose Yourself*, Album: *8 Mile: Music from and Inspired by the Motion Picture*, Shady Records 2002.

Bildnachweise

S. 49–54: Musikvideostills aus Buntspecht: *Unter den Masken*, Video: Florentin Scheicher.
S. 76: Paul Klee: *leidende Frucht*, 1934, 27. Aquarell, Ölfarbe und Kreide auf Papier auf Karton. 30,4/29,5 × 46/46,5 cm. Zentrum Paul Klee, Bern, Schenkung Livia Klee. Bildnachweis: Zentrum Paul Klee, Bern, Bildarchiv.
S. 77: Illustration: Paula Troxler, aus der Serie *Every Day a Drawing*.
S. 78: Das Sternbild Lepus, Hase, Foto: Till Credner, AlltheSky.com.
S. 79: Christoph Matthes: *Twice the Charm*, 2022, courtesy Christoph Matthes.
S. 119: Musikvideostill aus Christine and the Queens: *Paradis Perdus*, Video: Julien Choquart/Camille Hirigoyen. Kostüm: Simon Jacquemus.
S. 121: Bild an der Wand links außen: Foto von ÖhnerKraller, aus: Bernhard Kraller (Hrsg.): *Friederike Mayröcker – die herrschenden Zustände*, S. 46.